I0557987

# DIVINITÀ, TITANI E MOSTRI

UNA RACCOLTA DI NOVELLE FANTASY
MITOLOGICHE

MICHELE AMITRANI

www.micheleamitrani.com

Pubblicato da Michele Amitrani

ISBN Formato Cartaceo: 978-1-988770-23-9

Copertina creata da 100 Covers

# ANIMA DI PIETRA

LIBRO I

# 1

## IL RE E LA GUARITRICE

Mi avvicino al palazzo d'oro con un antidoto nascosto nella sacca da viaggio; un antidoto che vale più di un regno intero. Il poderoso cancello viene spalancato dall'interno mentre avanzo verso l'entrata, e la prima persona che scorgo dall'altra parte è la Regina stessa, venuta ad accogliermi di persona.

La studio velocemente. La giovinezza l'ha abbandonata molto tempo fa, e i capelli sono ormai più bianchi che neri. Sfoggia una linea piuttosto pesante di bistro per scurire i contorni degli occhi, e succo di barbabietola impreziosisce di rosso le guance e le labbra.

"Benvenuta nella mia dimora Panacea, Guaritrice dei Mille Reami." L'ampio sorriso non tenta di nascondere le ombre che ne offuscano lo sguardo. "Siamo onorati di averti tra noi."

"Felice di essere qui, Vostra Altezza." Chino il capo in segno di rispetto: "Il mio talento è al vostro servizio."

"Hai viaggiato per molti giorni. Devi essere stanca." Si volge verso un gruppo di schiavi vicino all'ingresso che attendono istruzioni. "Li ho incaricati di provvedere ai tuoi bisogni." Fa un rapido gesto della mano, e un uomo di mezza età, alto e snello, si inchina davanti a me. "Pollonio, conduci Panacea ai suoi alloggi." Mi sorride debolmente, "cibo e abiti puliti ti aspettano..."

"Grazie, Altezza," mi affretto a dire, "ma non ho bisogno di nulla. Sono pronta. Vorrei andare da lui."

La Regina aggrotta le sopracciglia sorpresa dal tono schietto. "Come preferisci, Panacea," con un gesto della mano mi fa cenno di seguirla. "Da questa parte."

Con passo altero mi conduce all'interno di un ampio giardino. Fiori di crisalide e rari gigli adamantini fiammeggiano sull'umida terra che profuma di resina di pino. Imponenti guardie corazzate proteggono tutti gli accessi della residenza, mentre appressandoci al cuore del palazzo, mi informo sulle condizioni del Re.

"Diventa più debole di giorno in giorno," risponde la Regina a occhi bassi, le pallide mani strette al petto. "Abbiamo provato di tutto. Ho convocato guaritori dalla Persia e dall'Egitto, da nord e sud del fiume Indo..." Si ferma un istante per guardarmi: "Niente ha funzionato. Sei la nostra ultima speranza."

"Farò tutto ciò che è in mio potere affinché il Re sopravviva, Vostra Maestà," le dico mentre superiamo l'ingresso. Due guardie sbattono la spada sullo scudo in segno di rispetto.

"Ho dato ordine a guardie e servitori di esaudire ogni tua richiesta, Panacea," mi informa, affrettando il passo. "I migliori medici, erboristi e guaritori che la città ha da offrire saranno a tua disposizione."

"Maestà, tutto ciò di cui ho bisogno si trova nel mio sacco." Le mostro la bisaccia scuotendone il contenuto, mentre colgo un accenno d'incredulità nel suo sguardo.

Svoltiamo a destra. Un lungo corridoio ci porta davanti

alla stanza del sovrano, le cui gesta eroiche adornano le pareti da entrambi i lati.

La porta di legno massiccio in fondo viene aperta da un soldato, che si fa da parte per farci passare. Al di là della porta il Re giace morente su un letto di cipresso levigato, la finestra aperta invita la tiepida aria pomeridiana che muove le lenzuola di seta. Mi basta un'occhiata per accorgermi che la sua pelle è priva di colore; le vene sottili sono appena visibili. Sul petto nudo tre sanguisughe scure, lunghe quanto la mia mano, si stanno ingrassando con il suo sangue.

L'anziano uomo al capezzale del sovrano si alza mentre entriamo nella stanza. Ha una folta barba bianca, e rughe profonde scavano crateri sul volto affilato. Dietro di lui, un paio di assistenti, uno alto e nerboruto e l'altro basso e completamente pelato, stanno cambiando le vesti del Re.

"Vostra Altezza," comincia a dire quello che credo essere il guaritore e, mentre parla, si esibisce in un inchino talmente profondo che ho l'impressione che sfiori il pavimento con la fronte, "Temo che non ci siano sviluppi positivi. Mi sono assicurato che il Re fosse…"

"Togliete immediatamente quelle sanguisughe!" ordino al vecchio che mi guarda sbalordito, come se si fosse accorto di me solo allora.

"Chi sei, tu, donna?" i suoi occhi fiammeggiano indugiando sui miei abiti sporchi e gualciti. "Come osi rivolgerti a me in questo modo?"

"Tallamo, questa è Panacea, la guaritrice di cui ti ho parlato," interviene la Regina. "È appena arrivata e ha chiesto di vedere il Re."

"Vostra Altezza, queste sanguisughe sono l'unico rimedio che tenga ancora in vita Sua Maestà."

Faccio un passo in avanti: "Chi lo dice?"

"Lo dico io!" Tallamo si batte il petto con una mano, guardando incredulo prima me e poi la sua Regina.

"In questo caso, sono sorpresa che il Re respiri ancora." E, rivolgendomi alla Regina: "Credevo di avere piena licenza di prendere decisioni in merito al trattamento di Sua Altezza. Ho forse capito male?"

La Regina inspira profondamente, quindi fissa l'uomo anziano. "Tallamo," dice, "fa' come ti chiede."

Con labbra strette e prive di colore, il vecchio scuote la testa mentre rimuove le sanguisughe con mani tremanti.

Copro la distanza che mi separa dal letto per valutare il respiro del Re. Poi frugo nel mio sacco alla ricerca di un piccolo recipiente di argilla che contiene una lozione di parallelo verde misto a funghi di mariastera. La mischio con radici di siera e in pochi attimi ottengo un fluido pastoso che somministro al sovrano con l'aiuto dei due servitori.

Aspettiamo in silenzio per alcuni minuti. La Regina stringe un fazzoletto di seta, Tallamo mi lancia occhiate velenose e i servitori, che percepiscono la tensione crescente, sembrano voler scomparire dalla stanza. Finalmente il moribondo comincia a dare segni di vita.

"Per tutti gli dèi," esulta l'assistente alto e robusto, "si sta svegliando!"

La Regina si porta una mano sul petto, quindi fa per avvicinarsi a suo marito. "Mio amore!"

Le afferro il braccio prima che possa avvicinarsi al letto. "No," le dico con fermezza. "Ha bisogno di spazio per respirare."

La Regina fissa la mia mano come se non riesca a credere che sia davvero intorno al suo braccio.

"Toglile le mani di dosso!" mi ordina Tallamo, guardandomi con il volto livido di rabbia. "Come osi toccarla?"

"Perdonatemi," dico frettolosamente, togliendole la

mano dal braccio e chinando leggermente la testa. "È per il benessere di Sua Maestà."

La Regina mi guarda attentamente. "In questo caso, guaritrice," dice a denti stretti, "seguirò il tuo suggerimento." La donna si allontana dal letto, il corpo rigido, le mani giunte dietro la schiena.

Tallamo mi guarda senza battere ciglio. "Nessuno può essere in grado di trovare una cura così in fretta."

"Nessuno che fosse in questa stanza, a quanto pare," ribatto io. "Lasciatemi sola con il re. Tutti quanti. Ho ancora molto da fare."

La Regina sembra titubante, ma alla fine annuisce. "Avete sentito che cosa ha detto. Tutti fuori."

"Anche Voi, Maestà."

"Ma..." la Regina guarda suo marito. "Come preferisci. Facci sapere se hai bisogno di qualsiasi cosa."

La guardo allontanarsi dal letto e chiudere la porta della stanza dietro di lei.

Aspetto che i passi si facciano distanti. Quando non riesco più a sentire neppure la loro eco, inspiro profondamente. Mi siedo accanto al letto, tocco il collo del sovrano per sentire le pulsazioni, deboli, ma presenti. "Riuscite a sentirmi, Vostra Maestà?" gli chiedo.

Le palpebre del Re tremano leggermente, poi si aprono. Il sovrano mi guarda con profondi occhi azzurri, quindi deglutisce. "A-acqua," gracchia.

Verso dell'acqua in una tazza e gliela porgo.

Il Re beve lentamente, poi tossisce. "Dove... Dove sono?"

"Nel vostro palazzo, Sire."

I suoi occhi vagano per qualche tempo, valutando tutti i particolari circostanti, poi fissa il suo sguardo su di me. "Chi..." Deglutisce a fatica, si inumidisce le labbra con la lingua e riprova a parlare, "Tu chi sei?"

"Sono l'unica persona che sa come curarvi. Sua Altezza la Regina mi ha chiamato e sono venuta il prima possibile."

Prendo una piccola scatola d'argento dal mio sacco da viaggio, la apro e tiro fuori un ago. "Questo farà male," lo avverto.

Gli metto l'ago nel braccio. Il Re sussulta, dolore sul suo volto. "Avevi ragione," dice. "Fa male."

Passano diversi minuti di silenzio. Cinque. Dieci. Il Re è incosciente per la maggior parte del tempo. Quando i suoi occhi si aprono nuovamente, la sua espressione è decisamente più rilassata. "Come vi sentite adesso, Vostra Altezza Reale?" gli chiedo, ancora una volta premendo le dita sul collo per controllare i battiti del cuore.

Il sovrano sbatte le palpebre, poi si schiarisce la gola. "Mi sento come se tutto il mio corpo pesasse mille sacchi di pietre. Io... mi sento come se stessi sprofondando."

Annuisco mentre rimetto la scatola d'argento nel sacco. "È semplicemente l'effetto del trattamento. Ricordate che cosa vi è successo?"

Il Re guarda il soffitto e aggrotta la fronte. "Sono... sono stato avvelenato. Almeno credo."

"Hanno usato la Benedizione di Filomena," gli confermo, "mischiata con del ravanello meridionale, e un paio di altri ingredienti di cui sono sicura i vostri guaritori non conoscano neanche il nome. Il veleno è andato oltre il vostro assaggiatore di cibo come una brezza di vento attraverso un setaccio. Era pensato solo per Voi, Maestà."

Il Re mi fissa con uno sguardo cogitabondo. "Vuoi dirmi chi sei, o vuoi che continui a fare supposizioni?"

Gli sorrido. "Mi chiamo Panacea."

"Panacea," il Re ripete il nome come se qualcuno gli avesse messo in bocca un frutto esotico, strano ma al tempo stesso familiare. "Conosco questo nome."

"Davvero?"

"Sì," risponde, valutandomi attentamente. "Tu devi essere la stessa Panacea che si dice abbia curato il Titano Garo dalla vendetta di Poseidone, che ha salvato la città di Frigira dalla peste di Ade e che ha bevuto dalla Fontana del Destino ed è sopravvissuta per raccontare la storia. Pensavo fossi una leggenda."

"Mi dispiace deludervi, Sire. Sono fatta di carne e ossa."

"Come sei arrivata qui?"

"Diciamo solo che Sua Altezza la Regina è una donna piena di risorse."

"Panacea," il Re ripete il mio nome come se stesse evocando un incantesimo. Un sorriso balena sulle sue labbra. "Mi sono sempre chiesto come abbia fatto una semplice mortale a diventare la migliore guaritrice del mondo conosciuto."

"Beh," gli rispondo, inspirando profondamente. "È una lunga storia."

"Dicono che siano le migliori."

"Sì." Guardo negli occhi color cielo del Re. "In effetti, hanno ragione."

"Bene," il sorriso del sovrano fa sembrare il suo viso già più sano. "Ho come l'impressione che non andrai da nessuna parte per un po' di tempo. Perché non cominci dall'inizio?"

## 2

## UN OSPITE NELL'OSCURITÀ
VENTICINQUE INVERNI PRIMA

Entrai nella caverna mentre tenevo la freccia avvelenata tra il mio pollice e il mio indice. Una luce opaca proveniva da una costellazione di piccole crepe sul soffitto al centro della caverna. Diverse stalagmiti sporgevano dal terreno roccioso alla mia sinistra. Un piccolo ruscello d'acqua nascosto dalla semioscurità scorreva alla mia destra.

I miei occhi impiegarono parecchio tempo per adattarsi alla scarsa luce dell'ambiente chiuso. Per qualche istante ebbi difficoltà a capire che cosa fossero le ombre che strisciavano tutte attorno a me mentre avanzavo, prima di rendermi conto che si trattava di serpenti.

Battei le palpebre, il sudore scendeva copioso dalla mia fronte. Tenni saldamente l'arco puntato di fronte a me mentre scrutavo la caverna, concentrandomi sulle formazioni rocciose che si ergevano dal pavimento.

Quelle che all'inizio credevo fossero delle semplici stalagmiti dalla forma strana si rivelarono essere delle statue di guerrieri. Mi avvicinai, il mio respiro iniziò ad accelerare. Sapevo di aver trovato quello che stavo cercando.

La maggior parte delle statue raffiguravano persone in una posizione difensiva, come se stessero cercando di proteggersi da un colpo mortale. I guerrieri reggevano lance, spade e scudi, l'ultimo tragico momento di paura scolpito in maniera imperitura nei loro lineamenti di granito.

Il mio cuore iniziò a battere più velocemente. Mi concentrai sui volti dei guerrieri che avevano sofferto una morte orribile. Ce n'erano dozzine, ma io ero interessata a trovarne uno solo.

"Stavi cercando qualcosa?" una donna parlò nell'oscurità.

Mi voltai di scatto, arco alla mano, e in quell'esatto momento qualcosa mi afferrò le gambe. Inciampai e caddi rovinosamente a terra, torcendo il piede destro.

"Dovresti guardare dove cammini. È facile cadere nell'oscurità."

Afferrai la caviglia e strinsi i denti. Il dolore era accecante. Con la coda dell'occhio vidi un lungo serpente sfrecciare via e capii che cosa mi aveva fatto cadere. Colta dal panico, cercai di recuperare l'arco e la freccia che mi erano caduti dalle mani. Quando finalmente raccolsi la mia arma mirai di fronte a me.

"Mostrati!" dissi.

"Sono qui," mi prese in giro la donna.

Mirai frettolosamente e lanciai la freccia. Sentii un suono acuto, simile al rumore di un ramo spezzato, seguito da passi che venivano nella mia direzione.

"Che maleducazione." Sentii un'altra volta quel suono di legno spezzato e capii che, chiunque fosse quella persona, aveva appena rotto la mia freccia. "Entrare in casa mia senza un invito, calpestando i miei amici per poi tentare di colpirmi goffamente con..." la donna s'interruppe. "Una freccia avvelenata?" la risata che seguì fu lunga e carica di divertimento. "Questo deve essere il modo più stupido con cui qualcuno ha cercato di uccidermi."

Finalmente riuscì a vedere la figura che stava parlando quando si fermò sotto un fascio di luce proveniente da una frattura nella roccia. Era una persona alta e dall'apparenza regale, la sua pelle color oliva e le sue labbra rosse come ciliegie.

Aveva numerosi serpenti che si contorcevano sulla sua testa, al posto dei capelli. Il mostro odorava di anemoni e di alghe. Odorava come l'oceano.

Chiusi gli occhi di riflesso per evitare che mi pietrificasse.

"Non aver paura," mi disse. "Non ti farò del male, e non ho alcun interesse a trasformarti in una statua, se è di questo che hai paura."

"Non ho paura di te!"

"Davvero? Meglio così. Dimmi, chi sei? Non sembri il tipico intruso in cerca di fama."

Il dolore alla gamba era accecante, ma avrei affrontato la morte a testa alta, come una guerriera. Provai ad alzarmi, ma quando cercai di reggere il mio peso sulla caviglia crollai sul pavimento con una smorfia di dolore. Appoggiai la schiena su una roccia e guardai la donna con i capelli di serpente. "Sono Panacea, figlia di Aumarion. Sono qui perché hai ucciso mio fratello Estelios e ho giurato di vendicarlo."

"Ma guarda un po'," il mostro sembrava divertito. "Quanti anni hai, ragazza?"

"Ho tredici primavere," risposi con aria di sfida.

"Tredici!" il mostro scosse la testa. "Questa volta hanno mandato una bambina a fare il lavoro di un adulto. Davvero molto onorevole."

"Non sono una bambina!" le urlai contro. "E non sono

stata mandata da nessuno. Sono qui di mia volontà, per vendicare la morte di mio fratello!"

"Davvero? Hai detto che si chiama Estelios, giusto?" La figura avvolta dalla semioscurità si girò e iniziò a muoversi tra le statue. "Ebbene, conosco il nome di tutti gli stolti che sono entrati nella mia caverna cercando di guadagnare gloria e fama. Ognuno di loro sembrava davvero impaziente di farmi sapere il suo nome, e il nome dei suoi padri. Estelios, tuttavia..." la donna con i capelli da serpente scosse la testa, prima di continuare a parlare. "No. Non mi risulta che abbia un guerriero con quel nome nella mia collezione."

"Bugiarda!"

"Sono molte cose, Panacea, figlia di Aumarion, ma bugiarda non è una di queste."

Cercai nuovamente di rimettermi in piedi, ma senza successo. Gemetti e ricaddi a terra.

"Sei ferita?"

"Che t'importa?"

"La mia è una domanda dettata dalle leggi dell'ospitalità, ragazza. È scortese lasciare un ospite dolorante o ferito in casa propria. Perfino un ospite che non è stato invitato. Fammi controllare la tua gamba."

Si avvicinò alla mia posizione e io trasalii. "Rimani dove sei!" l'avvertii, alzando i pugni.

Intravidi le sue lunghe sopracciglia inarcarsi, quindi, la donna fece qualche passo indietro, ritornando ad essere avvolta dall'oscurità. "Molto bene, allora," disse. "Goditi il dolore." Si diresse verso una pietra massiccia di forma quadrangolare a meno di quattro metri di distanza, raccolse da terra uno strumento che sembrava una piccola falce e iniziò a grattare il muschio dalla roccia, raccogliendolo poi in un sacco fatto di pelle di animale mentre canticchiava una melodia sconosciuta, muovendo la testa mentre seguiva il ritmo.

La osservai per diversi minuti a bocca aperta. "Che cosa... Che cosa stai facendo?"

"Quello che stavo facendo prima che tu mi interrompessi. Sto raccogliendo del muschio fosco."

"Non capisco. Perché... Perché non mi uccidi?"

"Ucciderti? Perché dovrei fare una cosa del genere?"

"Perché? Perché ti odio," dissi, incertezza che trasudava nella mia voce. "Perché ti ho minacciata."

"Ah, ragazza. Tu non mi odi." La donna serpente sospirò, pulì la falce con uno straccio bagnato per poi continuare a grattare il muro. "Odi il mostro della storia che le persone ti hanno raccontato. Tu non sai nemmeno chi sono."

"Ti sbagli. So chi sei. Sei Medusa." Sputai il nome come se le lettere stesse fossero avvelenate. "Sei un essere malvagio che uccide per il proprio piacere. Sei una distruttrice di famiglie. Sei un'assassina a sangue freddo e meriti di morire!"

Le braccia di Medusa si fermarono. Si girò per guardarmi, i suoi occhi pieni di un'emozione che non mi aspettavo. Non c'era rabbia nel suo sguardo, solo tristezza.

"Forse merito di morire," disse, "ma non sono quello che pensi. Che cosa mi dici di te, Panacea, figlia di Aumarion? Hai detto che volevi uccidermi."

"Sì," annuii vigorosamente. "Sì, l'ho detto."

Medusa chiuse il sacco, appoggiò la falce a terra e poi mi guardò senza battere ciglio. "Riconosco un assassino quando ne vedo uno. Tu sei poco più di una bambina che agita i pugni davanti a cose che non capisce. Non ho nulla da temere da te. Questo è il motivo per cui sei ancora viva, e per lo stesso motivo puoi restare qui per tutto il tempo che vuoi. Ti avverto: tra un po' la temperatura si abbasserà parecchio e comincerà a fare freddo. Vuoi una pelliccia per tenerti al caldo? Ne ho in abbondanza."

"Non voglio niente da te!"

"Come preferisci."

Medusa mi voltò le spalle e scomparve nel cuore della caverna.

## 3

## UN PRELUDIO DI PIETRA

**M**edusa aveva ragione. La grotta divenne sempre più fredda man mano che il giorno si ritirava per lasciare posto alla notte.

Iniziai a tremare vistosamente, ma non m'importava. Avrei preferito morire congelata piuttosto che accettare l'aiuto di quel mostro.

Passarono ore e la temperatura non fece che abbassarsi. Mi guardai intorno in cerca di Medusa, ma non la vidi da nessuna parte.

Fu a quel punto che sentii i serpenti avvicinarsi in numero crescente. All'inizio pensai che volessero attaccarmi, ma poi sentii i loro corpi caldi contro la mia pelle. Caldi. Quel particolare mi fece riflettere. Non avrei mai immaginato che dei serpenti potessero avere dei corpi così caldi, specialmente nel freddo di quella caverna.

Alcuni di loro si misero sotto le mie gambe, creando una superficie morbida con i loro corpi

su cui potevo riposare. Li guardai ammutolita, non capendo per quale motivo stessero facendo una cosa del genere.

Proprio in quel momento sentii l'eco di passi che si avvicinavano.

"Ehi!" gridai all'oscurità. "Li hai mandati tu? Che cosa stanno facendo?"

"Si stanno assicurando che la nostra ospite sia a suo agio," mi rispose Medusa dall'altra parte della caverna. "Hanno trascorso un bel po' di tempo nella sorgente termale sotto la superficie della grotta e hanno pensato che ti avrebbe fatto piacere un po' di quel calore."

"Non capisco. Per quale motivo... voglio dire, perché dovrebbero fare una cosa del genere?"

"C'è qualcosa nel tuo odore che li stuzzica. Ho il sospetto che tu gli piaccia."

Guardai i serpenti che si erano messi sotto di me. Con molta attenzione, ne toccai un paio. Erano lisci e asciutti, non viscidi e sporchi come pensavo. Guardai verso Medusa, che nel frattempo si era avvicinata. "Come li controlli?"

"Controllarli?" la donna serpente ridacchiò. "Mi ascoltano a malapena, e fanno quello che vogliono, quando vogliono. Beh, suppongo che non sia proprio vero. Se lo chiedo gentilmente, vanno a prendere l'acqua e di tanto in tanto mi sussurrano notizie dal mondo esterno. Sono come dei gatti educati, ma molto più rumorosi e testardi."

I serpenti intorno a me sibilarono una risposta collettiva.

Medusa rise di cuore. "Ah! Una cosa è certa: fanno delle buone battute."

"Vuoi dire... vuoi dire che tu puoi capirli?"

"Chiunque può capirli." Mi porse una ciotola con del contenuto che odorava come il giardino di mio padre.

"Che cos'è?" lanciai un'occhiata sospettosa alla ciotola.

"La tua colazione."

"Te l'ho detto. Non voglio niente da te."

Medusa scosse la testa e mise la ciotola per terra,

accanto alla mia gamba ferita. "Allora temo che la tua colazione raccoglierà polvere."

La vidi sbirciare la mia caviglia, poi, senza che le avessi dato il permesso di fare nulla, si accucciò accanto a me e mi tolse lo stivale di pelle dal piede.

Mi ritrassi. "Che cosa credi di fare?"

"Sto valutando il danno."

"Sto bene!" le abbaiai contro. "Ho solo bisogno di tempo per riprendermi."

"Hai una caviglia rotta, Panacea, figlia di Aumarion," disse Medusa, studiando la mia gamba. "Non andrai da nessuna parte per un bel po' di tempo. Tanto vale mantenere le tue forze e mangiare quello che ti ho preparato finché è commestibile."

"Hai detto che non hai ucciso mio fratello. Come faccio a sapere che è la verità?"

"Non puoi. Hai solo la mia parola, per il momento." Medusa lanciò un'occhiata alle statue. "La verità è scolpita su quei volti. Sfortunatamente per te, non puoi camminare e assicurartene personalmente, giusto?" Di nuovo studiò la mia caviglia. "Ora, mi permetterai di aiutarti o preferisci continuare a fare congetture sul destino di tuo fratello?"

Frustrata, strinsi le mani a pugni, ma non dissi nulla.

"Prenderò quella tua smorfia come un sì a entrambe le domande."

Medusa si alzò e scomparve nella semioscurità. Tornò poco dopo con un lungo bastone e una scatola di legno che conteneva un piccolo pacchetto delle dimensioni della mia mano. L'oggetto aveva un odore pungente, simile a menta speziata. "Questo farà male," mi avvertì Medusa. Sollevò la caviglia con cautela, mise la mia gamba sopra la scatola di legno e poi premette il pacchetto che odorava di menta contro la zona dolorante.

"Questo diminuirà il gonfiore," mi disse mentre faceva pressione. Trasalii, trattenendo a stento un grugnito di dolore. Qualsiasi cosa fosse, era umida e mi faceva prudere la pelle.

Medusa prese un piccolo contenitore cilindrico che conteneva una crema rossastra. "E questo aiuterà con il dolore," mi spiegò mentre mi mostrava la crema.

Annusai il contenuto. "Radice di gelsomino e filomene?"

Medusa spalancò gli occhi: "Hai un buon senso dell'olfatto. Sì, entrambe le erbe che hai nominato sono in questa miscela pastosa. C'è anche un pizzico di peperoncino e menta resinosa. Sei un'erborista?"

"Non proprio, ma mio padre... beh, ecco, mi ha insegnato qualcosa sulle proprietà di piante ed erbe."

"Un uomo saggio."

Il mio stomaco brontolò rumorosamente nel silenzio della grotta.

"Mangia la tua colazione, ragazza," disse Medusa, ancora impegnata a curarmi. "Sono stanca di ascoltare il tuo stomaco brontolare continuamente."

Considerai di risponderle a tono, ma Medusa cominciò ad applicare la crema e le parole mi morirono in gola. Per distrarre la mia mente dal dolore, presi in mano la ciotola che mi aveva offerto e ne studiai il contenuto. Si trattava di purè di fagioli e di olive con formaggio di capra. A malincuore, ne presi una manciata con le dita. Era niente meno che delizioso. Prima che me ne rendessi conto, avevo svuotato la ciotola.

Feci del mio meglio per ignorare il dolore mentre Medusa si assicurava che il mio osso rotto fosse tenuto in una certa posizione grazie a delle stecche fatte di corteccia imbottita con lino. Alla fine applicò dei lunghi steli di erba bagnata intorno alla mia caviglia per impedire al piede di muoversi.

"Cos'è quella?" le chiesi con una smorfia di dolore, indicando l'erba bagnata.

"Coralia," rispose Medusa, "È un'alga di fiume che cresce all'interno di questa grotta." Si girò verso la ciotola vuota e sorrise. "Ne vuoi dell'altro?"

Arrossii vistosamente. "Sì, se ne hai ancora."

Medusa riempì nuovamente la mia ciotola e svuotai anche quella in silenzio. "Ecco fatto," Valutò il mio piede, ora tenuto saldamente in posizione dalla fasciatura. "Poggia il peso sul piede sano, e cerca di non muoverti troppo." Medusa prese il lungo bastone che si era portata dietro e me lo diede.

"E questo cos'è?" le chiesi, prendendo il bastone.

"Lo chiamo un sostenitore da viaggio," disse Medusa. "Ti aiuterà a trasferire il peso dal piede alla parte superiore del corpo fino a quando non starai meglio."

Rigirai lo strano bastone tra le mani. Aveva un bracciale di legno a forma di semicerchio, e un'impugnatura che sporgeva dal corpo principale. La parte finale aveva un'ampia base fatta di una pietra porosa.

"Come si usa?" le chiesi.

"Fai scivolare il braccio in questo bracciale e afferra saldamente l'impugnatura. L'apertura anteriore permette all'avambraccio di scivolare via in caso di caduta."

Feci come Medusa mi aveva detto. "In questo modo?"

"Esatto."

Spesi del tempo per osservare l'impugnatura finemente lavorata. "Non ho mai visto niente di simile."

"Non sono sorpresa. È una delle mie invenzioni. L'ho creata a partire da una lancia." Medusa guardò uno dei guerrieri di pietra più vicini. "Ho trasformato un'arma in qualcosa di utile. Ha una certa giustizia poetica, non trovi? Riesci ad alzarti? Aspetta, lascia che ti aiuti."

Medusa mi offrì un braccio ma io l'allontanai con un gesto sbrigativo della mano. "Posso farcela da sola."

Le labbra di Medusa disegnarono un sorriso appena accennato sul suo volto. "Certo che puoi."

Mi alzai a fatica, facendo leva sul bastone. Mi ci volle diverso tempo per bilanciare il mio peso mentre mi muovevo nella semi-oscurità, ma alla fine riuscii a farmi strada tra le statue senza inciampare.

Passai buona parte dell'ora successiva a guardare ognuna delle facce di pietra, illuminate tenuemente dalla luce proveniente dalle fenditure. Ogni volta che guardavo un nuovo volto il mio cuore saltava un battito. Fui inondata di profondo sollievo quando mi resi conto che mio fratello non era tra quelle statue.

Quando studiai l'ultima faccia di pietra, crollai a terra con un sospiro. "Non mi hai mentito," dissi, respirando affannosamente. "Mio fratello non è tra questi guerrieri."

"Sembri sorpresa."

"Non capisco," dissi. "Ma allora dov'è?"

"Forse è entrato nella grotta sbagliata?"

Guardai Medusa e alzai un sopracciglio. "Non è divertente."

"Non era mia intenzione esserlo. Guarda, puoi restare lì a rimuginare sul destino di tuo fratello per settimane, se lo desideri. Come ho detto sei mia ospite, e sei libera di sprecare il tuo tempo nel modo che preferisci. Ma se vuoi una risposta sensata, fammi una domanda sensata."

La guardai con attenzione, sentendo una certa tensione nel petto. "La gente con cui ho parlato mi ha giurato che fosse morto per mano tua."

"La gente dice molte cose su di me, ragazza. Dicono che

il mio male non ha confini. Dicono che posso rendere acido il latte di una capra se la guardo di traverso. Ma per quanto riguarda il male che possiedo, mi dispiace deluderti: ne ho molto meno di quanto me ne attribuiscono."

"Però hai ucciso questi guerrieri, non è vero?"

"Sì," ammise Medusa, "l'ho fatto e non me ne pento. Questi 'eroi' sono venuti dentro casa mia rincorrendo una promessa di gloria. Mi hanno insultata, minacciata e ferita. Eppure gli ho sempre dato la possibilità di andarsene. Nessuno di loro mi ha mai ascoltata. Sì, è vero, li ho pietrificati, ma i loro cuori erano di pietra molto prima che entrassero nella mia caverna."

Guardai Medusa, bella nei suoi lineamenti affilati, e vidi per la prima volta stanchezza sul suo viso.

La donna con capelli di serpente camminò tra le statue come un'anguilla che nuota tra i coralli che ha eletto come casa. "Ecco Aralon, figlio di Targatio," disse teatralmente, appoggiando le lunghe dita sulle ampie spalle del guerriero. "Vai ad Argo e tutti ti diranno che quest'uomo poteva uccidere un cinghiale a mani nude, che il suo coraggio non aveva confini." Medusa rise aspramente. "Aralon era un mercenario, uccideva persone in cambio dello scintillio dell'argento. Tutto quello che faceva, tutte le azioni eroiche che ha intrapreso erano volte a riempire la sua borsa di denari. Me l'ha detto lui stesso." Guardò negli occhi di Aralon come se stesse scrutando nell'anima intrappolata dell'uomo. "Due volte gli ho intimato di andarsene," disse, sfiorandosi distrattamente la parte bassa della schiena, "e per due volte la sua spada mi ha leccato la schiena."

Medusa si allontanò da Aralon e riprese a guardare i guerrieri di pietra. Alla fine le sue mani si posarono sulla mascella di un altro guerriero, più alto e più muscoloso del precedente. "E che dire di Bastar di Tanagra?" disse, guardandolo dalla testa ai piedi. "Era uno dei migliori cacciatori che il mondo abbia mai visto. Pensa, voleva aggiungere la mia pelle alla sua collezione. Beh, se n'è preso un pezzo, questo è sicuro." Indicò una lunga cicatrice che percorreva l'intera lunghezza della sua spalla. "Prima che lo rendessi parte della *mia* collezione."

Medusa continuò a dirmi i nomi dei vari guerrieri, a raccontarmi le loro storie e il motivo per cui la volevano morta. Alla fine, si sedette su una roccia, i suoi occhi fissi nel nulla. "Ognuno di loro ha lasciato una cicatrice sul mio corpo. In cambio ho preso le loro vite, e questo mi rende un'assassina. Mi chiamano la Matrona Oscura, la Mangiatrice di Uomini e l'Anima di Pietra. Forse hanno ragione. Forse la mia anima non è altro che un pezzo di roccia fredda che merita di essere frantumato." Alzò lo sguardo, i suoi occhi cercarono i miei. "Che cosa avresti fatto tu Panacea, figlia di Aumarion?"

Guardai le statue dei guerrieri e una parte di me si chiese che cosa stesse succedendo nella testa di Medusa.

Le storie che avevo sentito parlavano di un mostro senza cuore che uccideva eroi per divertimento, ma quella che mi trovavo davanti era una donna con profonde linee che le solcavano la fronte: un araldo d'impotenza. Era vero, aveva serpenti al posto dei capelli e aveva un'aria terribile e pericolosa, ma quante delle storie che mi avevano raccontato erano vere? Il mio sguardo si spostò sulle statue che affollavano quella parte della caverna. In quel momento, per la prima volta da quando avevo messo piede lì dentro brandendo un'arma e cercando la mia vendetta, mi chiesi chi fosse davvero l'eroe e chi il mostro.

"Te lo chiedo di nuovo," Medusa si alzò dalla pietra su cui si era appoggiata. "Tu che cosa avresti fatto?"

Distolsi lo sguardo dalle statue, ma non dissi nulla.

Medusa sospirò. "Immagino che non abbia importanza ora," disse, scrollando le spalle. "Sono tutti morti, fine della storia." Si guardò le mani con muto stupore, poi scosse la testa come per scacciare un pensiero. "Ho bisogno di riposare. Indugiare sul passato è un affare stancante. E anche tu hai bisogno di riposo."

"No," le dissi con fermezza, "è arrivato il momento che me ne vada. Devo trovare mio fratello."

"Sei libera di andare quando preferisci." Medusa indicò l'ingresso all'estremità opposta della caverna. "Tuttavia, ti invito a restare finché non ti riprendi. L'ospitalità significa qualcosa per la sottoscritta, e sono sicura che ti muoverai più velocemente una volta guarita. Inoltre, per quanto mi riguarda, potrei voler espiare un po' di quel male di cui stavi parlando. Ospitarti mi permetterebbe di farlo."

Il piede mi faceva talmente male che fui costretta a sedermi. "Va bene," dissi, stringendo i denti nel tentativo di non mostrare troppo il mio dolore. "In tal caso, ti ringrazio. Resterò."

"Prima che mi dimentichi. Ti ho preparato un letto più comodo di rocce e di serpenti." Medusa indicò il muro dove aveva raccolto il muschio scuro. Lentamente, aiutandomi con il bastone, andai verso quella direzione e trovai una stuoia sistemata accanto alla parete. "Questo è il posto meno freddo della grotta," disse la donna serpente. "La sorgente termale di cui ti ho parlato scorre proprio qui sotto."

Annuii e mi sdraiai sulla stuoia. Mi accorsi solo in quel momento di quanto fossi stanca.

"Adesso dormi, Panacea. Posso vedere che il tuo viaggio è stato lungo e difficile, e hai bisogno delle tue forze per guarire velocemente. Dormi un sonno senza sogni."

Sentii i serpenti raccogliersi intorno a me e in qualche modo la loro presenza mi fece sentire più al sicuro.

Le mie palpebre si fecero pesanti e le chiusi.

Dormii un sonno profondo e senza sogni, proprio come aveva detto Medusa, almeno fino a quando un urlo improvviso non mi fece svegliare di soprassalto.

## 4

## IL MOSTRO NEL CUORE

M i alzai di scatto mentre sentivo i serpenti agitarsi. Qualcuno stava arrivando dall'ingresso della grotta.

"La supplico!" colsi l'eco distante di una voce femminile. "Per favore, aiuti mia figlia!"

"Lo farò, donna," rispose la voce tagliente di Medusa, "se ti togli di mezzo e mi fai lavorare. Aspetta fuori! Ti farò sapere quando avrò finito."

"Ma io sono..."

"Fai come ti ho detto!"

Mi stropicciai gli occhi e osservai la luce distante proveniente dall'ingresso. Seguii la figura di Medusa mentre mi passava accanto. Le urla che mi avevano svegliata si intensificarono. "Che cosa sta succedendo?" chiesi ancora mezza addormentata.

Medusa mi ignorò completamente. Mentre mi passava di fronte notai che portava qualcosa tra le braccia. No, non qualcosa. *Qualcuno.* Era una bambina.

Medusa la posò delicatamente su una roccia che era stata scolpita a forma di un tavolo basso e largo. La pietra era stata levigata fino ad assumere l'aspetto di marmo lucente. La bambina continuò ad urlare. Aveva lunghi capelli castani e non poteva avere più di sette, forse otto primavere.

"Va tutto bene," disse Medusa in tono rassicurante, tenendola giù con entrambe le mani. "Sei al sicuro. Non devi aver paura." Con molto sforzo iniziò a spogliarla, poi guardò nella mia direzione con occhi ridotti a fessure. "Presto! Portate acqua calda, salvia e della stoffa pulita!"

Per una manciata di battiti di cuore pensai che stesse parlando con me, poi notai i serpenti sfrecciare in tutte le direzioni.

Mi alzai dalla stuoia e usai il mio bastone per camminare verso Medusa. La bambina giaceva nuda sulla pietra ed era chiaramente spaventata. Si muoveva freneticamente, cercando di sfuggire alla presa di Medusa.

"Questo farà male," le disse la donna serpente, "ma ho bisogno che tu stia tranquilla." Si avvicinò finché i loro volti non furono a pochi centimetri di distanza. A quel punto, uno dei suoi capelli serpenti balzò in avanti e morse il collo della bambina.

"No!" mi feci avanti e spinsi via Medusa, mettendomi tra lei e la bambina. "Che cosa le stai facendo?"

"Le sto salvando la vita."

"Salvando la vita? La stai avvelenando!"

"Il veleno serve a impedirle di muoversi."

"Che cosa?"

"Guardala. Ha una scheggia grande quanto il mio pollice conficcata nello stomaco. È troppo ferita e spaventata per lasciarmi fare qualsiasi cosa. Ho bisogno che rimanga ferma." Mi girai velocemente per valutare la ferita. La bambina aveva smesso di muoversi e aveva gli occhi chiusi. Giaceva come se stesse dormendo.

Spalancai gli occhi. "L'hai pietrificata?"

"Avrei potuto farlo con i miei occhi, ma non mi stava guardando, quindi ho dovuto improvvisare. Ora, spostati o ti sposto io. Non te lo chiederò una seconda volta."

Mi allontanai, lasciando che Medusa ritornasse a fianco della bambina ferita. Intanto i serpenti erano tornati trascinando due piccole scatole e un paio di otri. Sembravano comportarsi più come formiche che come rettili.

"Chi è questa bambina?" chiesi a Medusa mentre prendeva uno degli otri. "Che cosa le è successo?"

"Non lo so, e non mi interessa," rispose Medusa in modo sbrigativo, versando l'acqua dell'otre in una grossa bacinella di terracotta. Quindi prese una manciata di polvere grigia da una delle scatole e la lanciò su diversi tronchi di legno posti sotto un catino che non avevo notato fino a quel momento.

La legna prese fuoco in pochi secondi, come per magia.

Mi ritrassi, presa alla sprovvista dall'improvviso apparire dalle fiamme. "Efesto in persona!" mormorai sbalordita. "Come hai fatto a..."

"Non mi dispiacerebbe un po' di aiuto," mi interruppe Medusa in tono tagliente. Immerse le mani nel catino e le lavò accuratamente. "Riesci a stare su un piede solo?"

"C-credo di sì," risposi, incerta. "Ma che cosa..."

"Allora voglio che versi dell'acqua sulla ferita quando te lo dico io." Medusa mi passò l'altro otre, ancora pieno d'acqua.

Presi il contenitore con sguardo interrogativo mentre guardavo in silenzio il sangue che sgorgava generosamente dalla ferita della bambina. Ce n'era talmente tanto, e la ferita sembrava davvero profonda. Quanto sangue aveva già perso?

"Ehi!" Medusa schioccò le dita di fronte al mio volto. "Guardami!"

Sbattei le palpebre e guardai Medusa.

"Ti senti mancare?"

"Che cosa?" Scossi la testa e mi leccai le labbra secche. "No. Sto... sto bene."

"Ottimo, allora avvicinati e fai esattamente come ti dico."

Medusa lavorò a lungo sulla ferita mentre mi dava istruzioni. Aveva strumenti piccoli e affilati che l'aiutarono ad estrarre frammenti quasi invisibili dall'interno della ferita. "Versa," ordinò, indicando la ferita.

Versai l'acqua.

Non so quanto durò l'operazione. Per me sembrò passare un'eternità. Ad un certo punto c'era talmente tanto sangue che non riuscivo più a vedere la pelle della bambina.

Quando il giorno s'invecchiò e la luce proveniente dalle fenditure della caverna si affievolì, Medusa mi porse una lampada.

"Tienila ferma," mi disse. "Ho bisogno di più luce."

Non ho idea di come ci riuscì, ma in qualche modo fu in grado di togliere tutte le schegge dalla ferita e a fermare l'emorragia.

"Versa tutta l'acqua che ti è rimasta," mi ordinò, asciugandosi la fronte sudata con il dorso della mano. Quando la ferita venne lavata dall'acqua, Medusa applicò sul taglio uno spesso strato di unguento color porpora. Odorava di foglie fradice.

"A che cosa serve?" le chiesi, indicando l'unguento.

"È per prevenire l'infezione," Medusa mi rispose distrattamente.

"Che cos'è un'infezione?"

"Lascia stare. Tieni in alto quella lampada, ragazza, e smettila di fare domande. Sto cercando di lavorare."

Assistetti in silenzio al movimento incessante delle sue mani mentre finiva di usare l'unguento e iniziava a cucire il buco nello stomaco. Quando ebbe finito, applicò la stessa alga di fiume che aveva usato su di me per bendare la ferita.

Medusa sospirò, il viso coperto di sudore. "Questo dovrebbe impedirle di morire." Si lavò le mani nel catino, e mi gettò uno sguardo. "Allora, ti sei goduta lo spettacolo?"

"Si rimetterà?"

"Dopo tutto quello che ho fatto, lo spero bene." Medusa si asciugò le mani su un pezzo di lino. "Devo dire che mi hai sorpresa. Sei stata un'ottima assistente improvvisata, considerando le circostanze."

Scrollai le spalle. "Mio padre era la cosa più vicina a un guaritore che avevamo nel mio villaggio," dissi.

"Era?" Medusa inarcò un sopracciglio.

"È morto due inverni fa, ucciso da una febbre."

"E tua madre? Dove si trova?"

"Mia madre? Non l'ho mai incontrata. È morta quando ero piccola."

Medusa annuì. "Quindi aiutavi tuo padre con i malati e i feriti?"

"Sì. Raccoglievo erbe, pulivo i suoi strumenti, facevo bollire l'acqua e quando ne aveva bisogno lo aiutavo a tenere fermi i pazienti. Mi ha insegnato anche a creare alcune pozioni. Diceva che avevo un talento naturale nel capire il giusto dosaggio degli ingredienti."

"E questo è il motivo per cui sei abituata a vedere tutto quel sangue senza fare una smorfia? Notevole."

Mi sedetti su una roccia e osservai Medusa. "Come hai fatto a curarla? Voglio dire, la bambina ha perso talmente tanto sangue. Quando ho capito che aveva quel frammento conficcato nella pancia, ho pensato che sarebbe morta."

"Nessuno è morto finché non è morto. Questa è la mia regola. La maggior parte delle volte, si può sempre fare qualcosa."

"Ma tu non hai neppure cantato," dissi, perplessa. "Non hai pregato gli dèi, non hai invocato il loro aiuto. Hai soltanto usato quegli strumenti e quelle strane lozioni e... e... " M'interruppi, non sapendo come terminare la frase.

Medusa fece una smorfia. " Gli dèi," disse, agitando una mano come se stesse disperdendo un fumo invisibile. "Lascia che ti dica quello che penso degli dèi. Non servono a niente quando si tratta di fare qualcosa di costruttivo. Gli dèi si divertono facendo scommesse e scherzi a spese dei mortali. No, mia cara. Quando vuoi davvero aiutare i malati, è sulla natura che devi fare affidamento."

"La natura? Cosa intendi per 'natura'? La natura esiste grazie agli dèi."

"Sbagliato. La natura esiste *nonostante* gli dèi e i loro capricci. Non ho avuto bisogno del favore di Apollo per riparare il tuo osso rotto o fermare l'emorragia di questa fanciulla. Tutto quello che mi serviva era la mia abilità e la giusta quantità di ingredienti, oltre agli strumenti usati nel modo giusto. La natura ha una volontà tutta sua."

"E questo che cosa vorrebbe dire?"

"Vuol dire che il sole sorgerà e tramonterà domani, indipendentemente dai capricci degli dèi."

"No, questa è una menzogna! Elio porta il sole attraverso i cieli ogni giorno da est a ovest nel suo carro d'oro."

"Elio," lo schernì Medusa. "Una volta ho incontrato quel fannullone con la testa tra le nuvole, concentrato su null'altro che la lucentezza della sua veste e lo scintillio dei suoi sandali. Era così ubriaco di nettare che riusciva a malapena a reggersi in piedi, figuriamoci a salire su un carro e farlo volare dall'Etiopia fino al Giardino delle Esperidi."

"Questa è blasfemia!"

"Solo se consideri gli dèi con una riverenza che non meritano."

"Se gli dèi non ti hanno aiutato in nessun modo, qualcuno deve averti insegnato a guarire le persone."

Medusa andò a prendere un secchio d'acqua e iniziò a pulire la pietra levigata macchiata del sangue della bambina. "In una vita passata, la mia posizione richiedeva che conoscessi pozioni ed erbe, ma non ho mai avuto qualcuno che mi ha insegnato come ricucire lo stomaco di una persona. Ho imparato la maggior parte di quello che so da sola. L'esperienza e molti fallimenti sono stati i miei insegnanti. Ora, se hai finito di blaterare, c'è una donna decisamente preoccupata che aspetta fuori dalla grotta. Pensi di poterle dire che sua figlia è fuori pericolo e che può riaverla domani all'alba? Lo farei io stessa, ma devo assicurarmi che la mia paziente rimanga stabile."

Guardai la bambina ancora addormentata. "Va bene," dissi. "Lo farò."

Mi voltai e zoppicai verso l'uscita, muovendomi con l'aiuto del bastone mentre pensavo a quello che aveva detto Medusa. Era davvero incredibile che potesse curare le persone senza la benedizione degli dèi. Tutti i guaritori che avevo visto fino a quel momento invocavano sempre una divinità prima di assistere un paziente. Tuttavia, ciò che mi lasciò veramente perplessa fu il fatto che le mie aspettative di chi fosse Medusa fossero state nuovamente messe alla prova. Non solo non era il mostro che ero convinta che fosse, Medusa era anche una potente guaritrice senza alcun riguardo per gli dèi. Cos'altro non sapevo sul suo conto?

Mi ci volle un bel po' di tempo per uscire dalla grotta senza inciampare su una delle pietre che sporgevano dal pavimento. Una volta raggiunta l'uscita, fui sorpresa di scoprire che il cielo era striato di arancione e giallo e che il sole era molto vicino ad estinguersi oltre l'orizzonte. L'operazione era durata ore ed ore senza che me accorgessi.

Trovai una donna seduta per terra. Aveva lunghi capelli marroni che le cadevano disordinatamente sulle spalle, e l'espressione di qualcuno immerso in un vorticare di pensieri. Stava fissando il mare con gli occhi gonfi di lacrime.

"Salve," le dissi. "Medusa mi manda a dire che tua figlia sta bene. Non devi più preoccuparti."

La donna si alzò da terra, le mani tremanti. "Vivrà?" chiese.

"Sì," dissi. "Medusa la terrà sotto osservazione stanotte. Puoi venire a prenderla domani all'alba."

"Lode agli dèi," disse la madre, lacrime che le rigavano il volto. Poi si rivolse a me. "Grazie! Grazie con tutto il cuore."

Stavo per dirle che non avevo fatto niente, quando la donna si girò e cominciò ad allontanarsi con solerzia, probabilmente desiderosa di comunicare la notizia alla sua famiglia. Quando rientrai nella grotta, trovai Medusa che stava accarezzando i lunghi capelli della bambina, dello stesso marrone di quelli di sua madre.

"Sta ancora dormendo?" le chiesi.

Medusa trasalì, e ritrasse la mano dai capelli della bambina. "Sì," disse, schiarendosi la gola. Gettò un'occhiata all'ingresso della grotta. "Sua madre se n'è andata?"

"Sì. Se n'è andata."

"Bene. Non ho bisogno di un piagnisteo continuo che mi tenga sveglia tutta la notte."

"Aiuti spesso persone come questa bambina?"

Medusa scrollò le spalle, come se la domanda avesse poca importanza. "Alcuni abitanti di Sarpedonte conoscono la mia abilità nel curare con le erbe. Ogni tanto, mi portano i loro cari, se sono davvero disperati. Diciamo che sono la loro ultima possibilità. In questi casi, faccio quello che posso."

Fissai gli occhi verdi di Medusa, una legione di domande che affollava la mia mente.

"Beh?" mi chiese. "Perché mi stai guardando in quel modo?"

"Perché l'hai salvata?"

"Perché?" Medusa inarcò entrambe le sopracciglia. "Stava morendo, non l'hai notato?"

"Questo non risponde alla mia domanda. Te lo chiedo un'altra volta: perché l'hai salvata?"

Medusa mi voltò le spalle, e iniziò a pulire gli strumenti che aveva usato nell'operazione.

"Nessuna madre dovrebbe seppellire la propria figlia," disse, il volto nascosto dai serpenti che le facevano da capelli. "Questa ragazza è forte, ha tutta la vita davanti a sé. Avevo il potere di curarla, quindi l'ho fatto. Fine della storia."

Medusa bagnò gli strumenti che aveva usato in un liquido opaco, quindi li asciugò su un pezzo di lino, per poi rimetterli in una scatola di bronzo. "È facile stroncare una vita," continuò a dire, rovesciando l'acqua insanguinata con cui aveva pulito gli strumenti in una fessura nel terreno. "Basta brandire una spada o lanciare una freccia. Proteggere una vita invece è difficile, ed è per questo che è così importante. Pochissime persone possono usare la lama sottile di un rasoio o una pinza per impedire ad un'anima innocente di essere stritolata dall'abbraccio oscuro di Ade."

"Quindi l'hai fatto per sfidare gli dèi?"

"L'ho fatto perché era la cosa giusta da fare. O almeno, quella che io credo essere la cosa giusta. Per quanto riguarda questa bambina, chi può dire se salvarle la vita sia stata una buona idea? Forse un giorno suo figlio entrerà nella mia caverna brandendo una spada. Magari riuscirà dove tutti gli altri buffoni in armatura hanno fallito. Magari metterà fine alla mia maledizione."

Mi accorsi che il terreno intorno ai piedi di Medusa stava brulicando di serpenti. "Sì, lo so," disse, sfiorando i corpi dei serpenti ammassati ai suoi piedi. "Sono fortunata, a modo mio. Ho voi, non è vero, miei piccoli amici striscianti?"

Medusa sospirò, quindi si massaggiò il collo, sembrando improvvisamente sfinita. I suoi occhi tornarono con riluttanza a guardare la bambina a cui aveva salvato la vita. "A volte, quando dormo, sogno come sarebbe una vita con un figlio."

"Perché? Non puoi avere figli?"

Medusa si sfiorò distrattamente la pancia, poi si voltò verso di me. "Dovresti riposare per accelerare la tua guarigione," disse seccamente, indicando l'angolo dove c'era la mia stuoia. Poi iniziò a camminare verso l'interno della caverna, dove sospettavo ci fossero le sue camere.

"Ti ho fatto una domanda," le dissi.

Medusa si fermò. "No," mi disse. "Non posso avere figli."

"Perché no?"

Medusa si voltò e mi guardò. I suoi occhi smeraldo catturarono l'ultima luce del giorno che si faceva strada da una frattura vicina. "Perché mi è stato negato quel privilegio. Lo sai, ragazza, il tuo interesse nei miei confronti è cresciuto in modo inquietante se consideriamo che solo ieri non volevi fare altro che piantarmi una freccia nello stomaco."

"Avevo torto," ammisi. "Non sei il mostro che credevo tu fossi. Correggimi se sbaglio: hai detto che non sono una guerriera."

"Ho detto che non sei un'assassina. C'è una differenza."

"Che cosa sono, allora?"

"Sei poco più di una bambina, Panacea, una persona che cerca di trovare la sua strada nel mondo. Non pretendo di conoscerti, ma questo è chiaro anche alle rocce di questa caverna."

"Hai ragione," dissi. "Le storie che ho sentito sul tuo conto sembrerebbero tutte menzogne, e questo mi incuriosisce. Voglio sapere di più su di te."

"E così ora stai cercando di dare un senso a questa nuova realtà che ti trovi di fronte, non è vero? Non sono affatto sorpresa."

"Dimmi, sei nata in questo modo?" Indicai i serpenti che aveva per capelli.

"No," Medusa scosse la testa. "Sono nata con sogni e con promesse, come tutte le persone che credevano di avere un futuro."

"E che cosa è successo a quei sogni?"

"Gli dèi li hanno trasformati in pietra."

"In che modo?"

"Basta così!" disse Medusa a denti stretti, i serpenti che sibilavano pericolosamente. "Ti stai approfittando della mia ospitalità, ragazza. Basta fare domande, ti ho detto che sono stanca. Voglio riposare."

Pensai di aver colto un bagliore rosso brillare intorno ai suoi occhi, ma un momento dopo il bagliore sparì. "Voglio solo capire!" dissi.

"Silenzio!"

Improvvisamente, mi resi conto che non potevo distogliere lo sguardo da Medusa. Sentii i miei arti diventare pesanti e subito dopo insensibili. Poi, un dolore lancinante nel petto mi mozzò il fiato. Era come se una mano stesse afferrando il mio cuore. Non potevo più muovermi.

Avrei voluto urlare, ma non potevo fare niente. Continuavo a guardare gli occhi di Medusa che ora brillavano di rabbia cieca.

L'agonia avvolse tutto il mio essere e persi ogni perce-

zione di ciò che mi circondava. Tutto ciò che rimase fu oscurità e paura che mi spingeva sull'orlo di un precipizio. Ero
pronta a cadere.

"Fermatevi!" gridò Medusa all'improvviso.

Il limbo oscuro sparì all'istante. Mi ritrovai in ginocchio,
coperta di sudore, ansimando come se avessi corso per un
chilometro.

Medusa si mise una mano sul viso e distolse lo sguardo.
"Non lei!" I serpenti sulla sua testa si ritrassero contempora-
neamente, come se fossero stati colpiti da un pugno
invisibile.

Un lungo silenzio pieno di tensione aleggiò nell'aria, poi
Medusa disse, "Mi dispiace," tenne entrambe le mani sul
viso. "Mi dispiace moltissimo. Sono stanca. Ho davvero
bisogno di riposare."

"No," riuscii a dire. Mi alzai e scossi la testa. "Sono io che
devo scusarmi. Non avrei dovuto farti tutte quelle domande.
Non ne avevo alcun diritto."

"Non c'è alcun motivo di scusarsi," Medusa lanciò un'occhiata alla sua paziente. "Però, ho un favore da chiederti."

"Di che si tratta?"

"Potresti tenerla d'occhio questa notte e farmi sapere se
le sue condizioni sembrano peggiorare?"

"Certamente."

"Se non succede nulla, quando si sveglia domani
mattina, portala semplicemente da sua madre."

Annuii. "Lo farò senz'altro."

Medusa estrasse qualcosa da un sacchetto che teneva
appeso alla cintura. "Dì a sua madre di darle quest'erba ogni
giorno prima di cena per un mese."

Presi un mazzetto di ramoscelli essiccati tenuti assieme
da una cordicella. "Va bene," le dissi. "Me ne ricorderò."

Medusa fece per andarsene, ma dopo qualche passo si

fermò e si girò nuovamente verso di me. "Un'ultima cosa. La madre ti offrirà argento come compenso per la vita di sua figlia. Non prenderlo. Chiedile solo di fare tre buone azioni in favore di persone che disprezza. Dille che questo sarà sufficiente per pagare il debito nei miei confronti."

Aggrottai la fronte. "Tre buone azioni? Tutto qui?"

"Esatto. Nient'altro."

"Bene. Glielo farò sapere."

Medusa se ne andò.

Quella notte fissai l'oscurità in silenzio, il battito accelerato del mio cuore era l'unico rumore distinguibile a parte il distante gocciolio d'acqua. Piegai le mani a pugni, temendo che la sensazione di intorpidimento che mi aveva colpito potesse tornare da un momento all'altro. Ora sapevo che cosa dovevano aver passato quei guerrieri, pochi secondi prima della fine. Era stata un'esperienza terribile, peggiore di qualsiasi cosa avessi mai sperimentato.

Mi ci volle parecchio tempo prima che riuscissi ad addormentarmi, ma anche quando ci riuscii, i miei sogni vennero tormentati da persone che urlavano di dolore mentre venivano trasformate in statue di pietra.

## 5

## UNA NUOVA ALBA

L a bambina si svegliò non appena la luce rossastra dell'alba illuminò la grotta. Ero in piedi al suo fianco quando iniziò a muoversi.

"Tu chi sei?" mi chiese, confusione dipinta sul suo volto.

"Mi chiamo Panacea. Tu come ti chiami?"

"Sofia."

"Non aver paura, Sofia," le dissi, sorridendo in modo rassicurante. "Io sono un'amica e ti trovi al sicuro. Ieri tua madre ti ha portato qui, per farti curare da Medusa. Eri ferita, te lo ricordi?"

Sofia alzò lo sguardo come se cercasse di evocare i suoi ultimi ricordi. "Sì, mi ricordo. Dov'è mia madre, adesso?"

"È lì fuori," indicai l'uscita della caverna. "Come ti senti? Hai qualche dolore?"

Sofia si toccò lo stomaco. "No," disse. "L'unica cosa che sento è un forte prurito."

"Ti ci abituerai," le dissi. "Si tratta della fasciatura, niente di cui preoccuparsi. Riesci a stare in piedi?"

"Credo di sì."

La aiutai a scendere dalla roccia, temendo che potesse

cadere dopo tutto il sangue che aveva perso il giorno prima, ma non successe.

"Pensi di poter camminare?" le chiesi.

Sofia annuì.

"Bene allora. Tua madre ti sta aspettando. Andiamo." La guidai verso l'uscita.

"Ho sognato un mostro terrificante," disse Sofia mentre camminava accanto a me. "Aveva occhi spaventosi e serpenti al posto dei capelli."

"Non era un sogno," le dissi. "Era Medusa, la guaritrice che ti ha salvato la vita."

"Quel *mostro* mi ha salvato la vita?"

"Non è un mostro, è una donna, proprio come me e te. Solo... beh, non so esattamente perché abbia quell'aspetto." Pensai a quello che mi aveva detto Medusa il giorno prima. "Penso che sia stata maledetta."

"Maledetta? Da chi?"

Feci spallucce. "Dagli dèi, credo."

"Allora deve aver fatto qualcosa di terribile."

"Non ne sono sicura. Comunque, Medusa non è affatto quello che la gente pensa. Medusa è gentile e intelligente e... beh, forse è po' irascibile e scortese a volte e... scusa, ho perso il filo. Che cosa stavo dicendo?"

"Quanto la tua amica è gentile e scortese," Sofia disse, sorridendo.

"Non ho mai detto che fosse mia amica!"

"Beh, dal modo in cui ne parli, sembra che voi due siate amiche."

"Beh, io... Guarda, Medusa mi ha curato, va bene?" dissi, indicando il mio piede fasciato. "Inoltre mi ha offerto del cibo e un riparo. Quello che voglio dire è semplicemente che non mi piace quando le persone diffondono menzogne."

"Ho capito che cosa intendi," disse la bambina. "Mio padre dice sempre che le bugie fanno male agli affari. Visto che ti dà fastidio parlare male di questa Medusa, e visto che mi ha salvato la vita, dirò a tutti i miei amici che si sbagliavano su di lei. Che ne dici?"

"Penso che le farebbe piacere."

"E potresti ringraziarla per quello che ha fatto per me?"

"Certo," dissi, mentre uscivamo dalla grotta.

Fuori, l'alba stava combattendo gli ultimi rimasugli di oscurità. Sofia camminò lentamente verso sua madre, che non appena la vide l'abbracciò e la baciò mentre scoppiava a piangere.

"Mamma! Smettila di stritolarmi! Sto bene."

"Grazie agli dèi! Pensavo di averti persa."

"Tua figlia starà bene," dissi, rassicurandola. "Dalle quest'erba ogni giorno prima di cena per un mese intero." Le porsi le erbe che mi aveva dato Medusa.

La madre di Sofia si gettò ai miei piedi e mi baciò gli stivali. "Grazie! Ti devo tutto."

"Io... io non ho fatto niente."

Ma la donna non mi stava ascoltando. Si frugò la tasca e prese una piccola borsa di pelle al cui interno c'erano alcune monete d'argento. "Per favore, prendi queste monete come pagamento. È tutto quello che ho."

Scossi la testa. "Tieni l'argento. Se vuoi ripagare il tuo debito, devi fare tre buone azioni a favore di persone che disprezzi."

La donna mi guardò come se avessi fatto una battuta che non aveva senso. "Io... io non capisco."

Alzai le spalle. "Nemmeno io, ma è quello che ha chiesto Medusa."

La madre si alzò, si spolverò la veste e chinò il capo. "Allora sarà fatto." Mi ringraziò ancora una volta, poi prese la mano di sua figlia. "Andiamo, Sofia. Tuo padre sarà in pensiero. Non facciamolo preoccupare troppo."

Rimasi lì fuori, guardandole allontanarsi, le loro figure due sagome nere che si sovrapponevano all'oro dell'alba.

"È bellissima, non è vero?"

Mi voltai e trovai Medusa appoggiata alla fredda roccia della grotta, che guardava la madre condurre la bambina.

"Che cosa è bellissima?" le chiesi.

"L'alba," rispose, gli occhi ancora fissi sulle due sagome che si facevano sempre più piccole man mano che si allontanavano. "È un nuovo inizio. Non importa quanto sangue sia stato versato ieri, sarà comunque spazzato via dalla promessa di un nuovo giorno." Medusa soffermò il suo sguardo sul mio piede fasciato. "Ma guarda un po', riesci a stare in piedi quasi senza problemi. Ti stai riprendendo più velocemente di quanto mi aspettassi. Sarai in grado di camminare molto presto e di tornare a..."

"Voglio diventare una guaritrice."

Gli occhi di Medusa diventarono due fessure. "Che cosa hai detto?"

"Voglio imparare a curare le persone."

"Davvero?" Medusa sembrò colta alla sprovvista. "E perché vorresti imparare una cosa del genere?"

"Come hai detto tu, uccidere è facile. Tutto quello che devi fare è brandire una spada. Ma un miracolo del genere," indicai la madre e la figlia, ormai poco più di due punti indistinti all'orizzonte, "è qualcosa che non ho mai visto prima."

"Pensavo volessi trovare tuo fratello."

"Lo farò. Ma prima, voglio imparare la tua magia."

Medusa rise. "Non si tratta di magia, è semplice conoscenza."

"Qualsiasi cosa sia, voglio impararla."

"Non sono una maestra, ragazza. La pazienza non è una delle mie virtù."

"Sono una buona osservatrice, e imparo in fretta. Dammi una possibilità."

"Ma ascoltati: quello che dici non ha alcun senso. Questa non è una fantasia che puoi soddisfare in pochi giorni. Hai bisogno di pratica e di anni di esperienza per essere anche solo remotamente utile. La differenza tra un buon guaritore e un macellaio è molto più sottile di quanto tu possa pensare. Non ho alcun interesse a insegnarti la mia arte."

"Allora imparerò guardandoti."

"Guardandomi? Puoi iniziare guardando la mia schiena voltarsi." Medusa si voltò ed entrò nella grotta senza aggiungere altro.

"Vedremo." Sorrisi, convinta più che mai che diventare una guaritrice fosse quello che volevo.

Ora si trattava solo di convincere Medusa di quanto facessi sul serio.

## 6

## MISURANDO LA VITA E LA MORTE

La luna si riempì e morì due volte dal momento in cui Sofia lasciò la grotta. In quei due mesi, sfruttai ogni momento che avevo per imparare da Medusa, anche se evidentemente lei era tutt'altro che entusiasta che la seguissi quando raccoglieva le erbe, preparava gli ingredienti per i suoi rimedi, e curava qualcuno.

Le persone che venivano da lei di solito erano anziane o molto malate. Molte di queste persone Medusa le conosceva e le chiamava per nome.

"Sono pazienti abituali," mi disse quando glielo chiesi. "Mi forniscono cibo e cose di cui ho bisogno in cambio della mia assistenza. È una specie di baratto. Adesso smettila di farmi domande, non vedi che sono occupata?"

A volte ci facevano visita anche persone completamente nuove, qualcuno come Sofia, pazienti bisognosi di aiuto che erano stati rifiutati da altri guaritori o che semplicemente non avevano i soldi per permetterseli.

Medusa li accettava tutti senza fare domande e senza discriminazioni. Quando erano guariti, insisteva per essere pagata con buone azioni, piuttosto che con l'argento.

"Ma perché devono essere tre buone azioni?" le chiesi un giorno, dopo che era riuscita a salvare una donna che aveva difficoltà a respirare. "Perché non un'azione o cinque? Perché devono essere proprio tre?"

"Perché così ho deciso, va bene? Ora, se ti piace tanto stare lì a chiacchierare, perché non prendi quella falce e inizi a raccogliere un po' di muschio fosco?"

I giorni passarono in modo simile, seguendo una quotidianità che rimaneva quasi identica con il passare del tempo. Medusa non mi insegnava apertamente la sua arte, e non di rado si arrabbiava quando le stavo tra i piedi, sempre intorno a farle domande. Nonostante questo suo atteggiamento, mi permetteva di seguirla e di osservare quello che faceva.

Tuttavia, il giorno in cui imparai di più fu quando scoprii che nemmeno Medusa era infallibile.

Stava piovendo a dirotto quando un carro si avvicinò all'ingresso della grotta. Una donna arrivò correndo verso l'entrata, reggendo un corpo minuto coperto di sangue. "È mio figlio!" gridò la donna, lacrime che si mischiavano con la pioggia. "Un cinghiale lo ha attaccato mentre stava giocando. Per favore, guaritrice, ti imploro! Aiutalo."

Nel momento in cui i miei occhi si posarono sul bambino, mi sentii mancare. Doveva essere il paziente più giovane che avevo visto fino a quel momento. Non poteva avere più di tre primavere. Il suo corpo era spezzato in più punti, le gambe e le braccia squarciate da ferite profonde. Il volto era uno spettacolo macabro di sangue seccato e di carne lacerata. Medusa lo prese in silenzio dalle braccia della madre e le ordinò di aspettare fuori. "Prepara gli attrezzi e la bacinella," mi ordinò mentre adagiava delicatamente il bambino incosciente sulla roccia. "Vado a prendere dell'acqua."

Il bambino non ebbe mai alcuna possibilità di farcela. Morì dopo tre ore. Quella fu la prima volta che vidi morire una persona sulla pietra levigata utilizzata per operare. Quando Medusa restituì il corpo avvolto da un lenzuolo, la madre rimase a lungo in silenzio. Alla fine, come se si fosse svegliata improvvisamente da un incubo, sbatté le palpebre e annuì. "Grazie per aver provato," disse senza emozioni sul viso. Sembrava un fantasma mentre metteva il figlio sul carro, lo spingeva in avanti e se ne andava.

Medusa la guardò allontanarsi, il suo respiro lento e profondo. Io le stavo accanto, le braccia avvolte intorno al mio corpo. Scoppiai a piangere senza neppure accorgermene.

Medusa si girò verso di me. "Hai detto che volevi diventare una guaritrice," disse senza battere ciglio.

Annuii e mi asciugai le lacrime. "Sì."

"Continui a volerlo?"

Le ore precedenti, passate a cercare di salvare il bambino, mi tornarono alla mente in un lampo di immagini. Nella mia mente, lo rividi tossire sangue mentre il suo corpo diventava pallido e la vita lo abbandonava. Rividi il viso di Medusa quando si rese conto che non c'era nient'altro che potesse fare. Rivissi il momento in cui si voltò verso di me, scuotendo la testa. Quello fu l'attimo in cui capii che Ade aveva appena guadagnato un'anima.

"Allora?" Medusa disse, incalzante. "Rispondi alla domanda. Continui a volerlo?"

"Sì," le dissi. "Lo voglio."

"Hai dentro di te la forza necessaria per spendere le tue notti pensando a qualcosa che avresti fatto diversamente?"

Cercai la risposta nel mio cuore. "Sì," dissi, la mia voce sicura.

"Allora niente di quello che posso dire o fare ti fermerà,

Panacea. Sarai una guaritrice, punto. E visto che sei una ragazzina testarda, farò in modo che diventi una delle più grandi guaritrici di tutti i tempi."

"Vuoi dire... Vuoi dire che posso essere la tua allieva?"

"Cos'è, sei sorda? Non l'ho appena detto? Sì, sarai la mia allieva. Ecco la lezione di oggi: la morte fa parte del gioco della vita. In quanto guaritrice, non puoi prendere nulla sul personale. Hai capito?"

"Sì."

"Bene. Allora possiamo iniziare a fare sul serio."

MEDUSA INSEGNAVA SEGUENDO una regola ben precisa: secondo lei, non esisteva un modo migliore d'imparare se non facendo pratica.

Nei giorni successivi mi fece raccogliere erbe, funghi e fiori mentre mi insegnava come dosare la quantità di ogni medicinale che mi chiedeva di produrre. Dopo, mi faceva provare ognuna delle mie creazioni. All'inizio non ero affatto brava. Ricordo come se fosse ieri la lunga collezione di mal di stomaco che provai, a causa di diversi medicinali che avevo dosato male. Un paio di volte, sono andata vicina a morire di avvelenamento. Medusa insisteva sul fatto che questo era il modo migliore e più veloce per imparare.

Aveva ragione. Capii molto in fretta che un errore anche minuscolo può fare la differenza fra la vita e la morte, e l'attenzione ai particolari divenne ben presto uno dei requisiti fondamentali non solo per apprendere come funzionava l'arte di Medusa, ma anche per evitare di spendere la giornata a contorcermi dal dolore.

Questo non vuol dire che andavamo sempre d'accordo. Medusa voleva ad esempio che usassi l'acqua che scorreva nel ruscello della grotta per le nostre faccende quotidiane. Lei si rifiutava categoricamente di usare l'acqua che scorreva in un fiume nella foresta vicino alla nostra grotta.

"Ma dico, perché ti ostini a voler usare quest'acqua puzzolente quando hai un'alternativa migliore a venti minuti di distanza?" le chiesi una volta, frustrata, quando mi proibì di andare a prendere l'acqua nella foresta.

"Perché quest'acqua è più ricca di elementi superiori," fu la sua risposta, "e perché non sai mai che cosa potrebbe nascondersi tra gli alberi. Ci sono cinghiali, mantidi velenose, sciami di calabroni ammazza capre e una miriade di cose molto peggiori. Senza contare che è uno dei nascondigli preferiti per fuorilegge, tagliagole e criminali di ogni sorta. È pericoloso e io ti proibisco di metterci piede. Ci siamo capite?"

"Sì, ho capito," dissi, incrociando rigidamente le braccia. "Non ci vado. Contenta?" Ma non mantenni la mia promessa.

Sgattaiolai fuori dalla grotta più di una volta mentre Medusa dormiva, prendendo tutta l'acqua di cui avevo bisogno per cucinare, per pulire e in generale per portare a termine i lavori quotidiani. Potevo essere molto testarda quando volevo.

Indipendentemente dalle occasionali incomprensioni e litigi, Medusa si rivelò essere paziente in un modo molto peculiare. Non era soddisfatta fino a quando non imparavo alla perfezione la lezione del giorno.

Appresi moltissimo sulla creazione di pozioni e di essenze. Imparai che il giusto dosaggio di un veleno può salvare una vita, invece che concluderla. Imparai come riparare un osso rotto, come impedire a una persona di morire di soffocamento, come domare la febbre e persino come allungare la vita.

Quando la luna si riempì per la terza volta, Medusa mi diede un coltello affilato che era stato reso incandescente. Quindi, indicò il nostro ultimo paziente, un uomo di mezza età con due frecce conficcate nel braccio. L'avevo appena immobilizzato con l'essenza di Medusa.

"Questo sarà un esame," mi disse. "Non ti dirò niente. Se vive o muore dipenderà esclusivamente da te."

Non la delusi. Il paziente perse molto sangue, ma alla fine riuscii a strapparlo dalle grinfie di Ade. Quando capii che era fuori pericolo, la mia tensione si allentò in pochi secondi, e scoppiai a ridere senza quasi accorgermene. Ero sudata, mi faceva male la testa dallo sforzo di concentrarmi, avevo le mani sporche di sangue ma allo stesso tempo mi sentii come una dea con un potere senza eguali.

"Incredibile, non è vero?" disse Medusa, guardandomi con un orgoglio che non aveva mai mostrato prima. "Ora sai come ci si sente a salvare una vita."

## 7

## EROI E MITI

Passarono molti altri giorni. Dieci, forse undici giri di sole. Non riesco a ricordare con esattezza. Ero così concentrata sui miei studi che persi la cognizione del tempo. Un giorno, mentre davo da mangiare dei topi ai serpenti, mi scoprii affascinata dal modo in cui Medusa ci parlava. Le chiesi se poteva insegnarmi a fare lo stesso.

Capirli si rivelò molto complicato. Non era tanto il modo in cui sibilavano, ma piuttosto il modo in cui muovevano i loro corpi a fare tutta la differenza del mondo. Il loro linguaggio aveva molte sfumature ed era difficile da decifrare a volte, ma alla fine comunicare con loro divenne un'altra abilità che Medusa riuscì ad insegnarmi.

Un sera ci trovavamo entrambe fuori dalla grotta, condividendo una cena scarna dopo aver trascorso la maggior parte del pomeriggio a raccogliere piante. Medusa mi guardò da sopra lo scoppiettio delle fiamme e disse: "Non credo ci sia molto di più che possa insegnarti, Panacea. Ciò di cui hai bisogno ora è pratica, e non puoi ottenerla qui, all'interno di questa caverna." Indicò l'ingresso della sua casa. "Devi andare là fuori, oltre la foresta, oltre quest'isola e oltre il mare che la circonda."

"Ma... io... io non mi sento pronta."

"Non sarai mai pronta, rimanendo nella mia ombra. Panacea, è ora che tu torni a casa."

La guardai con muto stupore. Sapevo fin troppo bene che aveva ragione, ma avevo paura. C'erano così tante cose che ancora non sapevo, così tante cose che potevano andare storte senza la supervisione della mia mentore.

Il giorno dopo, uscii dalla grotta mentre Medusa stava dormendo, la mia mente impegnata a considerare quello che mi aveva detto e temendo tutte le sue implicazioni. Andai verso il fiume per prendere l'acqua fresca che avrei usato per la giornata. Alcuni serpenti erano venuti con me per aiutarmi a trasportare funghi ed erbe di cui avevamo bisogno.

"Ho detto *bianco*, Sajii," dissi a un serpente lungo e grasso che mi portò un fungo color fango. Agitai il fungo davanti ai suoi occhi. "Vedi? Questo è *marrone*."

Il serpente inclinò la testa, sibilò brevemente e si allontanò per prendere il fungo giusto. Stavo riempiendo un otre con dell'acqua quando sentii qualcosa muoversi tra i cespugli dall'altra parte del fiume. Mi alzai appena in tempo per vedere un uomo emergere dalla boscaglia. Era basso e tozzo e indossava un lungo mantello sgualcito.

"Ehi!" gridò verso di me, per poi guardarsi frettolosamente attorno. "C'è qualcuno qui?"

Aggrottai la fronte. Ero a meno di dieci metri di distanza, e non c'era vegetazione tra di noi, come era possibile che non mi vedesse?

Agitai le braccia per farmi notare. "Ehi!" lo chiamai. "Sono proprio qui, davanti a te. Non mi vedi?"

L'uomo si voltò, ma ancora una volta sembrava non

vedermi. "Grazie agli dèi!" disse, crollando a terra, le mani sul volto. "Sono in questa foresta da giorni!"

"Che cosa è successo?"

"Ho pagato un uomo per portarmi alla grotta della gorgone, ma il criminale mi ha guidato in questa foresta, mi ha picchiato e mi ha rubato tutto quello che avevo, lasciandomi qui a morire"

In quel momento mi resi conto che i suoi occhi stavano fissando il vuoto. L'uomo cercò di avvicinarsi, ma inciampò su una quercia e cadde a terra.

"Sei cieco?" gli chiesi.

"Sì," lo straniero si alzò lentamente, pulendosi le mani sui fianchi. "Ho perso la vista molto tempo fa e ho sentito parlare della Signora di Sarpedonte, che sembra essere in grado di curare qualsiasi malattia, così ho venduto tutti i miei averi e sono venuto qui, in cerca del suo aiuto. Ma ora ho perso tutto quello che avevo!"

"A Medusa non interessa né l'oro né l'argento," gli dissi. "Credimi. Ti aiuterà senza pretese."

"Tu chi sei?"

"Mi chiamo Panacea," risposi. "Sono la sua apprendista."

"Ti supplico. Puoi portarmi da lei?"

"Va bene. Resta fermo lì."

Attraversai il fiume camminando sulle sporgenze rocciose che creavano un passaggio da una riva all'altra. Una volta dall'altra parte, gli presi la mano e lo invitai a seguirmi. "Vieni", gli dissi. "Ti farò da guida. Non siamo troppo lontani da..."

Qualcosa mi colpì improvvisamente sulla base del collo e barcollai in avanti. L'uomo cieco mi afferrò prima che potessi cadere, il suo braccio intorno al mio collo. Sentii i serpenti sibilare minacciosamente dall'atra parte del fiume mentre avvertivo la presa dell'uomo farsi ancora più forte, quasi soffocandomi.

"Mandate un messaggio a quel demone coi capelli di serpente!" l'uomo urlò ai rettili. Con la coda dell'occhio, vidi un secondo sconosciuto unirsi al primo. "I fratelli Kalos sono venuti per sfidare Medusa. Andate a riferire all'Anima di Pietra che siamo qui per porre fine alla sua malvagità con la benedizione degli dèi. Andate ora, servitori della gorgone! Fatele sapere che se non si mostra allo sbiadire del sole, questa ragazza muore."

I serpenti sibilarono nuovamente, quindi arretrarono e si persero nella foresta.

Provai a divincolarmi dal mio rapitore. "Lasciami! Lasciami andare!"

Qualcosa di pesante mi colpì la nuca, e persi i sensi immediatamente dopo.

Quando riaprii gli occhi, tutto quello che riuscii a vedere fu oscurità. Mi sentivo stordita, la testa mi doleva e non avevo idea di dove mi trovassi. Tossii, scoprendo il sapore metallico del sangue nella mia bocca.

"Ah. Ti sei svegliata, finalmente."

Riconobbi la figura della mia maestra distesa sulla roccia levigata che usava per operare le persone.

"Medusa," scossi la testa per cercare di chiarirmi le idee. "Che cosa..." Mi fermai a metà frase. Tutto mi tornò in mente all'improvviso: il finto cieco, il suo complice e la mia stupidità. Ero stata catturata e poi... E poi che cosa era successo?

"Sei ancora lì?" La voce della mia mentore era debole e affannata.

Mi alzai e lasciai che i miei occhi si abituassero alla luce fioca della caverna mentre coprivo la distanza che ci separava.

Non mi ricordo esattamente che cosa pensai quando finalmente mi accorsi delle due frecce conficcate nel fianco di Medusa. Il suo vestito era strappato in più punti ed intriso di sangue. Tutto ciò che ricordo è la sensazione di puro terrore nel vederla ridotta in quello stato. "Per gli dèi," barcollai leggermente mentre sentivo le lacrime cadere copiose sulle mie guance. "Che cosa... Che cosa ti hanno fatto?"

"Sei preoccupata per me? Dovresti vedere come ho conciato quei due." Medusa rise, o almeno ci provò prima che un colpo di tosse le mozzasse il fiato. "Non erano nemmeno dei veri e propri guerrieri," riprese, "solo teppisti che cercavano un modo veloce per diventare famosi. Non avevano alcun onore. Ma erano furbi. Mi hanno colpita due volte prima che riuscissi a sottometterli." Medusa sputò del sangue per terra, poi si pulì la bocca con il dorso della mano.

La guaritrice dentro di me prese il sopravvento. Le toccai la fronte. Era febbricitante.

"Come stai, ragazza?" mi chiese, i suoi occhi socchiusi. I serpenti sulla sua testa si muovevano a malapena.

La sua domanda, pronunciata in modo così disinteressato, mi fece arrabbiare. "Come sto *io*? Ho a malapena qualche graffio, mentre tu... tu... È tutta colpa mia. Tutta colpa mia!"

"Oh, risparmiami quello sguardo colpevole. Nessuno mi ha trascinato a forza fuori da questa caverna. È stata una mia scelta e non me ne pento."

Una pozza rosso scuro stava formandosi per terra. Non avevo mai visto così tanto sangue in vita mia. Deglutii, la gola secca, e i palmi delle mani sudati. "Io... io ti salverò."

Medusa sbuffò. "Salvarmi? Molto gentile da parte tua, ma posso vedere chiaramente che stai a malapena in piedi." Lanciò un'occhiata ai serpenti che si erano radunati intorno a lei, guardando la loro padrona in silenzio. "Tanto vale chiedere a uno dei miei amici striscianti di ricucirmi. No, Panacea, sappiamo entrambe che ho superato il punto di non ritorno. Adesso vieni qui vicino. C'è qualcosa che voglio dirti prima che l'ultimo sonno mi colga e non possa..."

"No!" la interruppi. "Posso farcela! Posso aiutarti."

Medusa mi guardò, poi sorrise con affetto. "Va bene così, Panacea. Non c'è niente che tu possa..."

"Stai zitta!" le urlai contro. "Non me ne starò qui a guardarti morire."

Medusa sbatté le palpebre. Cercò di dire qualcos'altro, ma prima che ci riuscisse la sua testa collassò di lato.

"Medusa!" le afferrai le spalle.

"Medusa," la mia mentore ripeté debolmente, l'ombra di un sorriso indugiò sull'angolo della sua bocca. "Quello non è il mio nome." I suoi occhi rotearono all'indietro e non si mosse più. Controllai il suo respiro. Era lento ma stabile. Mi accorsi che stavo tremando vistosamente. Ero spaventata, arrabbiata e completamente persa. Ma sapevo esattamente che cosa dovevo fare.

"Avrò bisogno del vostro aiuto," dissi, voltandomi verso i serpenti. Le creature mi guardarono con i loro occhi luccicanti, pronti al mio comando. "Portatemi acqua calda e tutte le erbe che Medusa tiene nella sua camera."

I serpenti schizzarono via per eseguire i miei ordini.

Spogliai Medusa. I miei occhi indugiarono sulle cicatrici sparse su tutto il corpo. Potevo vedere i segni di frecce, spade e lance che le erano stati impressi nella carne anno dopo anno. "Dèi dell'Olimpo," sussurrai scioccata. Aveva più cicatrici di quanto potessi contare.

I serpenti tornarono ben presto con quello di cui avevo bisogno.

Iniziai a mettere gli strumenti di fronte a me e li studiai uno ad uno. Che cosa avrebbe fatto Medusa? *Pensa*, mi dissi a denti stretti. *Pensa*. "Non complicarti la vita. Sii cosciente delle azioni che puoi eseguire in modo efficace, e scegli quelle più urgenti per prime. Ignora tutte le altre." Ripetei quella frase fino alla nausea, una frase che Medusa era solita ripetermi ogni volta che iniziavamo un'operazione. "Che cosa deve essere fatto prima di tutto il resto? Che cosa può aspettare? C'è qualcosa che renderà tutto il resto ridondante?"

Chiusi gli occhi, cercando di concentrarmi non sul corpo inconscio della mia insegnante, che sapevo essere sempre più vicino alla morte, ma sul compito a portata di mano. "Rocce, ciottoli e poi sabbia," mi dissi. "Affronta prima il problema più grande." Mi asciugai la fronte dal sudore e iniziai a muovere le mani.

Non ricordo esattamente che cosa sia successo dopo. Ho una memoria molto vaga delle ore successive. Ricordo solo di essere stata colta da un senso di concentrazione e di controllo. Le mie mani si muovevano velocemente, ma non velocemente come i miei pensieri. Avevo una visione chiara di che cosa fare prima di farlo. Fu in quel momento che capii davvero quanto Medusa mi avesse addestrato bene. Mi aveva insegnato a non vedere la persona che stavo operando, ma un paziente senza volto che aveva bisogno del mio aiuto. Le mie emozioni erano d'intralcio, quindi le segregai in un angolo del mio cuore, facendomi guidare solamente dalla ragione e dalla tecnica metodica.

Col passare del tempo, i serpenti che avevano seguito

ogni mio movimento smisero di muoversi, il loro sibilare incessante diminuì progressivamente. Erano preoccupati, lo sentivo. Dubito che avessero mai visto la loro padrona in quello stato.

Ore dopo l'inizio dell'operazione cucii l'ultima delle ferite e pregai gli dèi che il corpo di Medusa fosse abbastanza forte per permetterle di recuperare.

I serpenti mi guardarono, inclinando le loro teste triangolari su e giù. Sibilarono la loro domanda collettiva con l'incertezza di un bambino che ha perso di vista la madre. Scossi la testa. "Non ne sono sicura," gli risposi. "Non c'è dubbio che la sua capacità rigenerativa sia migliore di una persona normale." Studiai il suo viso impallidito, e le carezzai la fronte imperlata di sudore. "Spero *molto* migliore."

Per due giorni e due notti vegliai al suo fianco, dormendo e mangiando a malapena. Il terzo giorno le sue palpebre si spalancarono senza preavviso. Scattai in piedi, guardandola con preoccupazione. "Medusa?"

"Ah," mormorò la mia mentore, alzando la testa. "Sei tu. Deve essere un altro incubo."

Ero così felice di vederla sveglia che scoppiai a ridere. "Chi ti aspettavi di vedere?"

"Caronte sulla sua barca puzzolente," rispose Medusa. "Non mi sarebbe dispiaciuta una bella vista del mondo sotterraneo attraverso il fiume Stige."

"Spiacente di deluderti, Medusa, ma ho lavorato troppo per permetterti di morire."

"Sì." Si mise a sedere con cautela, e guardò le sue ferite. "Suppongo che tu abbia davvero lavorato duramente. Guarda un po', un esempio decente di sutura."

"Grazie."

"Stento a crederlo. Salvata da una ragazzina con appena

tredici inverni sulle spalle. Suppongo che dovrei darmi un po' più di merito come insegnante. Non mi aspettavo di svegliarmi."

"Sono onorata dalla fiducia che riponi nelle mie capacità."

Medusa rise, ma si fermò di colpo, una smorfia di dolore le vestì il volto.

"Devi recuperare le forze." Le diedi una tazza piena di liquido color ambra. "Bevi questo. Ti farà sentire meglio."

Medusa annusò il contenuto con cautela. "Ah," sospirò. "Erba di Evantal e rameradice? Hai fermato l'emorragia, e ora vuoi asfissiarmi con questo intruglio?"

"È proprio vero," dissi, spingendo la ciotola nelle sue mani. "I guaritori sono i peggiori pazienti. Bevi."

Medusa protestò debolmente, ma alla fine bevve.

Per i due giorni successivi mi presi cura della grotta mentre Medusa si riprendeva. La controllavo spesso, cambiando le fasciature quando ne aveva bisogno. Per lo più dormiva, quando non si lamentava del cibo che le preparavo.

Il sesto giorno, il colore iniziò a ritornare sulle sue guance. Poteva alzarsi e camminare per alcuni passi, ed era molto pronta a criticare il modo in cui avevo sistemato gli stracci per asciugarli. "Sono felice di vedere che stai meglio," le dissi, mettendomi le mani sui fianchi. "Se riesci a bere quella zuppa con la stessa efficacia con cui puoi criticarmi, sarai in piedi in pochissimo tempo."

"Di che cosa si tratta, questa volta?" Medusa annusò la ciotola che le avevo dato. "Ratti morti in salsa di cipolle?"

"Esagerata. Sono carote, funghi lunari e fiori di meriadok essiccati."

"Anche peggio." La mia mentore sospirò, prese un cucchiaio e provò un po' del contenuto. "Ragazza mia, nessuno ti ha mai detto che hai un gusto particolare quando si tratta di cibo? Da dove vieni, esattamente?"

"Temiscira," risposi, "vicino alla foce del Thermodon."

"Ah," Medusa inclinò la testa di lato, fissandomi con uno sguardo penetrante. "Temiscira. Ma certo. Avrei dovuto immaginarlo dal modo in cui muovi i fianchi quando cammini."

Mi raddrizzai, presa alla sprovvista da quell'affermazione. "Che vuoi dire? Come muovo i fianchi?"

"Goffamente. Voi amazzoni non siete fatte per camminare come donne normali. Siete fatte per correre, saltare e combattere."

"Beh, a quanto pare la mia origine non è davvero qualcosa che si noti a prima vista. Mi è stato detto che le mie capacità di combattimento non sono esattamente eccezionali."

"Oh, tu sei una combattente, Panacea, ma non il tipo che combatte con le armi. I tuoi veri punti di forza sono qui," Medusa mi toccò la testa, poi il petto, "E qui. Fidati, sei una guaritrice nata. Combattere la morte è comunque un tipo di scontro, ricordalo sempre. Il tuo talento è un dono di madre natura. Non sprecarlo. "

Guardai la mia mentore mentre mangiava la zuppa. Quando ebbe finito, portai via la ciotola e la studiai in silenzio.

"Perché mi guardi in quel modo?" mi chiese. "Ho finito tutta la tua zuppa, non vedi? Aspetta, non mi dire che..." I suoi occhi si velarono di panico. "Non mi dire che ne hai di più?"

"No. Stavo solo pensando a qualcosa che hai detto prima di svenire."

"Che cosa ho detto?"

"Hai detto che il tuo nome non è Medusa."

La mia mentore inarcò un sopracciglio. "Davvero?"

"Davvero," confermai. "Se quello non è il tuo nome, qual è?"

Medusa distolse lo sguardo, le sue labbra divennero una linea sottile.

"Allora?" la incalzai.

Medusa borbottò qualcosa d'incomprensibile, qualcosa che suonava vagamente come un'imprecazione.

"Che cosa hai detto?" le chiesi.

"Ho detto che non guadagni niente a sapere il mio vero nome. Mi fa star male, e riporta alla mente demoni sui quali ho lavorato duramente per tenerli a bada. Non chiedermi più del mio passato, Panacea, perché riesumarlo non mi porta alcuna gioia."

"Medusa, voglio solo sapere il tuo nome."

"Perché è così importante per te?"

"Perché tu sei importante per me e voglio poterti chiamare con il tuo vero nome." Era come se qualcuno l'avesse schiaffeggiata. I suoi occhi indugiarono su di me come se mi vedesse per la prima volta.

"Voglio conoscere la tua storia," dissi con fermezza. "Voglio sapere chi sei veramente." Non saprei dire se qualcosa che dissi la divertì o se fu per una ragione completamente diversa, sta di fatto che il volto di Medusa venne graziato dal primo sorriso genuino che le avessi visto fare. Gli anni scivolarono via dal suo volto, e per qualche istante sembrò una ragazzina senza alcuna preoccupazione al mondo.

"Lo ammetto Panacea, figlia di Aumarion: tu sai davvero come farti ascoltare. Siediti, per favore. Questa storia potrebbe richiedere un po' di tempo."

Mi sedetti su una delle rocce, e attesi.

Medusa si guardò le mani, come se il racconto fosse

scritto sui palmi, quindi iniziò a parlare. "La mia storia
inizia nella città di Atene. Sono nata in un giorno di mezza
estate, non lontano dalle spiagge dorate del Mar Egeo. I miei
genitori mi chiamarono Egana per questo motivo. La mia
famiglia era una delle più ricche e influenti della città e
venni educata per servire la dea Atena come sua sacerdotessa, un grande onore e una grande responsabilità. Mi
venne insegnato che servire i bisogni spirituali della mia
comunità viene prima di ogni altra cosa. Quando l'ottava
primavera della mia vita si concluse, divenni la più giovane
sacerdotessa del tempio di Atena dalla fondazione della
città." I serpenti che Medusa aveva per capelli sibilarono
all'unisono, come se anche loro stessero raccontando una
parte della storia. "Il passare degli anni mi trasformò in una
ragazza che cominciò ad attirare gli occhi di molti visitatori.
La gente iniziò ad entrare nel tempio non tanto per rendere
omaggio ad Atena, la dea della Saggezza, ma piuttosto più
per guardarmi, per conversare con me, per farmi regali che
ero costretta a rifiutare. Fu in quel periodo che sentii voci
secondo cui Atena non era felice, che era gelosa della mia
popolarità, ma non le ascoltai. Avevo dedicato la mia vita
alla dea, le avevo dimostrato la mia fedeltà più volte, serven-
dola nel tempio con dedizione e passione."

I capelli di Medusa smisero di muoversi, e in qualche
modo sembrarono più cauti, come se avessero paura del
resto della storia. Medusa incrociò le braccia e proseguì. "Un
giorno una persona entrò nel tempio, qualcuno che si rivelò
essere molto più di un semplice visitatore. Era un uomo alto
e bello con una corporatura atletica e una folta barba scura,
un individuo affascinante, intrigante e divertente. Mi
convinse a camminare con lui sulla riva del Mar Egeo.

" 'Sei la cosa più bella su cui abbia posato i miei gli
occhi, Egana', mi disse, 'e voglio che tu sia mia.' Le sue

lusinghe andarono avanti per diverso tempo, ma rifiutai ogni volta. Ad un certo punto, l'uomo smise di camminare e un forte vento si levò sulla spiaggia, rivelandolo per quello che era veramente: Poseidone. Il dio del mare torreggiava di fronte a me, e quello che un attimo prima era stato un bell'uomo divenne un essere glorioso, che sembrava brillare di luce propria. 'Dì di sì,' mi sussurrò, prendendo le mie mani nelle sue, 'Non temere l'ira di Atena, perché io sono Poseidone, il dio del mare e dei terremoti e ti proteggerò da qualsiasi cosa possa accaderti. Dì di sì, Egana. Permettimi di renderti felice.' Non ti mentirò. Avrei voluto accettare, ma non potevo. Avevo giurato di servire Atena praticando la castità, e avevo intenzione di mantenere quella promessa. Così lo rinnegai ancora una volta."

Medusa serrò la mascella, le mani chiuse a pugno. "La mia ingenuità non aveva limite." Distolse lo sguardo, fissando l'oscurità della caverna.

"E poi che cosa è successo?" le chiesi.

Medusa continuò a fissare il vuoto, i suoi occhi spenti.

"Egana?"

Sentendo il suo vero nome, la donna tornò al presente. I suoi occhi tornarono sui miei. "Hai mai detto di 'no' a una divinità?" Le sue labbra tremarono, e il suo volto impallidì. "Non è una buona scelta strategica. Il giorno dopo aver rifiutato Poseidone, un vento fortissimo spalancò la porta del tempio. Ero sola quando fece irruzione nell'edificio, mi gettò sull'altare e mi spinse contro il marmo in modo tale che potessi a malapena muovermi. Chiusi gli occhi, pietrificata dalla paura. Poi sentii delle mani stringermi i polsi e mi resi conto che un corpo mi stava spingendo verso il basso. Quando riaprii gli occhi, Poseidone era sopra di me.

" 'Non combattermi, Egana. Perché non accettare l'inevitabile?' disse. 'Preferirei non farlo nel modo più spiacevole per te.' " Ero talmente spaventata che non sapevo che cosa fare. Le mie labbra si mossero per dire di 'sì', ma il mio cuore urlava una sfida. Qualcosa dentro di me diceva che quello che mi stava succedendo era sbagliato, che avrei dovuto combattere. 'C'è qualcosa che vuoi dirmi, mia cara?' Poseidone mi sussurrò nell'orecchio. Sentii il sapore del sangue mentre mi mordevo le labbra. 'Allontanati da me!' Gli sputai in faccia. Il dio del mare inclinò la testa di scatto. Per un momento sentii la sua presa allentarsi, i suoi occhi si riempirono di genuina sorpresa. Una mortale, per di più una donna, che aveva osato sfidarlo. La sua sorpresa non durò a lungo. Gli occhi del dio si accesero di rabbia. 'Ah, stupida ragazza', strinse i miei polsi fino a farmi male. 'Questa avrebbe dovuto essere una bella passeggiata nel reame del piacere. Guarda che cosa hai fatto. Ora l'hai trasformata in una punizione. Io mi divertirò comunque, Egana. Purtroppo, non posso dire lo stesso per te.' "

Medusa stava respirando affannosamente, il suo petto si alzava e si abbassava con velocità crescente. "Per tre volte Poseidone mi ha piegata al suo volere. Per tre volte ho gridato, chiedendo aiuto, e la sola risposta che ho ricevuto fu la risata del dio del mare. Per tre volte sono morta, da sola, in quel tempio. Poseidone mi lasciò lì sull'altare quando il suo bisogno fu saziato, sangue tra le mie gambe, i miei vestiti strappati. Avevo dodici anni. Passò un'eternità di silenzio e di dolore nella quale non mi mossi, ma piansi fino a quando non finii tutte le lacrime.

Atena mi trovò in quello stato, semi nuda sull'altare del suo tempio. 'Tu,' mi disse, rabbia negli occhi. 'Sgualdrina! Che cosa hai fatto?' Per lei avevo fatto qualcosa di impensabile: avevo profanato il tempio. Quando le dissi che avevo cercato di resistere, mi fissò in silenzio, poi disse con asprezza, 'Ci hai davvero provato? Come puoi dire una cosa del genere? Stai ancora respirando, non è vero?' E così mi ha punito, trasformandomi in questo essere." Medusa indicò se stessa.

"Mi dispiace," dissi. "Io... non avrei mai potuto immaginare..." m'interruppi, non sapendo che cos'altro dire.

Non so che espressione avessi in quel momento, ma mi accorsi che il viso di Egana si raddolcì, come se fossi *io* ad aver bisogno di essere rassicurata.

"Non devi dire nulla," mi disse con pacatezza. "Il racconto della nostra vita è fatto di questi momenti, pezzi oscuri e dolorosi che mandano in frantumi la nostra esistenza." Camminò verso di me e mi accarezzò il viso bagnato di lacrime. "E bei momenti che ti fanno venire voglia di continuare a vivere."

Le sue parole mi fecero piangere ancora di più. La abbracciai con tutte le mie forze.

"Vacci piano, ragazza," Egana mormorò a denti stretti. "I tuoi punti stanno a malapena facendo il lavoro di mantenermi tutta di un pezzo."

"Scusa." Allentai la stretta ma non la lasciai andare.

L'abbraccio durò a lungo. La mia mentore mi accarezzò delicatamente i capelli mentre poggiavo il viso contro il suo petto, liscio e fresco, permettendomi di assaporare l'importanza di quel momento. Col tempo i miei singhiozzi diminuirono, fino a scomparire completamente. "Allora? Ti senti meglio adesso?" mi chiese.

"Dovrei essere io a confortarti."

"L'hai fatto, Panacea. Hai ascoltato la mia storia."

"Se lo dici tu." Mi allontanai. Notai che il secchio che conteneva l'acqua era quasi vuoto. "Aspetta qui. Vado a prendere un po' d'acqua," dissi asciugandomi le lacrime. Avevo bisogno di un po' di tempo da sola.

"Sicura?" chiese Egana con un sorriso impertinente.

"Dal ruscello all'interno della grotta," specificai immediatamente dopo.

"Bene," disse Egana. "Perché non posso 'quasi morire' per te per ben due volte."

Feci una smorfia, fingendo di essere offesa, quindi presi il secchio e mi diressi verso il ruscello.

Stavo pensando alla storia di Egana e all'ingiustizia di tutto ciò che le era accaduto. Non era mai stata colpa sua. Mi misi a pensare agli dèi, alla loro meschinità. Come avevano potuto fare una cosa del genere?

Improvvisamente sentii un rumore provenire dalla mia sinistra. Mi voltai, ma non vidi niente, anche se mi sentivo osservata. Mi guardai intorno diverse volte. Niente. Non c'era nulla, e l'unico suono che udii era lo scorrere del ruscello della caverna. Ripresi a camminare.

Una mano invisibile mi afferrò il polso, torcendomi il braccio e premendolo contro la schiena. L'urlo di dolore mi morì in gola quando un'altra mano mi coprì la bocca. "Se urli sei morta," sibilò una voce maschile. "Dov'è lei? Dove si trova la gorgone? Parla!" La mano si alzò quel tanto che bastava per farmi parlare.

"Non... Non c'è nessuno qui," dissi, tremando come una foglia. Chi poteva essere? Un demone? Un fantasma? "Ci sono soltanto io."

Sentii una lama premere contro il mio fianco. "Bugiarda. Mentimi un'altra volta e ti trafiggo. Parla. Dove si trova Medu..."

"Sono qui."

Sentii l'uomo irrigidirsi dietro di me.

"Avvicinati, Medusa," disse il mio assalitore, "Adesso! Oppure la uccido."

"Chi sei?" domandò Medusa. Non sembrava preoccupata, solo curiosa. "Svelati. O devo chiamarti codardo?"

Un lungo silenzio seguì la sua domanda. Sentii il caldo respiro dell'intruso contro il mio collo, poi vidi con la coda dell'occhio un elmo gettato a terra, e come per magia un uomo apparve dal nulla.

Non riuscii a vedere la sua faccia, ma con la coda dell'occhio sbirciai lo scudo dorato che aveva in mano. Era talmente lucido che poteva riflettere tutto quello che c'era attorno.

"Ah," disse Medusa. "Lasciami indovinare. Quell'elmo è opera di Ade e quei sandali odorano di merda di piccione. Devono essere di Ermes. E quello scudo!" Egana scosse la testa, delusa. "È di Atena, non è vero? Che cosa ha fatto decidere a quell'arpia che fosse ora di completare il lavoro che ha lasciato in sospeso?"

"La tua bocca è veleno, mostro!" tuonò il guerriero, agitando la spada verso di lei. "Smettila di insultare gli dèi con il tuo sudiciume. Il mio nome è Perseo, figlio di Zeus, e sono qui per porre fine alla tua malvagità."

"Zeus, hai detto," Egana sembrò riflettere su quelle parole. "Non ne dubito. Il re degli dèi non è mai stato bravo a tenere il suo pene dentro la tunica. Penso che la depravazione scorra nella sua famiglia. Che cosa vuoi da me, 'eroe'?"

"Voglio che ti avvicini. Lentamente, e mostra le mani."

Riuscii a intuire che il guerriero stava osservando Egana da dietro il suo scudo lucido, senza mai guardarla direttamente.

"Non hai più bisogno di lei," Egana annuì verso di me. "Lasciala andare."

Il guerriero mi spinse da parte con una tale forza, che atterrai a più di quattro metri di distanza. Caddi a terra, mani e ginocchia sanguinanti, i denti stretti per il dolore. Rotolai appena in tempo per vedere il guerriero fare un balzo poderoso, per poi atterrare su Medusa con tutto il suo peso.

Il guerriero era massiccio e muscoloso, la sua armatura dorata, esattamente come il suo scudo. Doveva essere alto più di due metri e mezzo.

"Ti ho presa!" Perseo disse trionfante, spingendo Egana a terra. Il guerriero alzò la mano che teneva la spada in aria, pronto a colpire.

"NO!" urlai.

Il tempo sembrò rallentare fino a fermarsi. Una pioggia di serpenti cadde su Perseo da tutte le direzioni, e le creature lo tennero occupato, impedendogli di infliggere il colpo mortale, ma nessuno di loro riuscì a superare la sua spada e il suo scudo. Nel frattempo, Perseo usava il peso del suo corpo per tenere Egana a terra, le sue ginocchia premute sulla schiena della mia mentore. Anche nella semi-oscurità della caverna potevo vedere le ferite che avevo ricucito cominciare a sanguinare profusamente. Era troppo debole per combattere Perseo.

Gli occhi di Medusa trovarono i miei, e scosse la testa con fermezza, capendo che cosa volevo fare. Con fatica, feci leva sulle braccia e cominciai ad alzarmi.

"Rimani a terra, sciocca!" Egana ordinò con occhi iniettati di sangue.

Non l'ascoltai. Balzai in avanti e riuscii quasi a raggiungerla, ma qualcosa mi fece inciampare. "No!" Sentii il corpo viscido di un serpente avvinghiarsi intorno alle mie gambe. "Lasciami andare!" urlai, dimenandomi selvaggiamente. Altri serpenti si unirono al primo traditore, tenendomi a terra, trascinandomi lontano dalla lotta.

Guardai Egana, affondando le dita nel terreno roccioso, cercando di combattere contro i serpenti per tornare da lei. "Digli di lasciarmi andare! Posso aiutarti! Ti prego, Egana!"

Nel frattempo Perseo si era sbarazzato dell'ultimo serpente che lo aveva attaccato e la caverna si era fatta silenziosa.

"E ora," disse il guerriero, respirando affannosamente, "è finalmente arrivato il momento di realizzare il mio destino." Perseo afferrò i capelli di Egana e le sollevò la testa fino ad esporle il collo; così fragile, così prezioso.

"NO!" gridai con tutta la mia voce. "Ti scongiuro! Non farlo! Non è un mostro! È la mia amica!"

Perseo mi guardò come se non fossi nient'altro che un insetto fastidioso, poi tornò a guardare la sua preda.

Egana scosse la testa. "Va tutto bene, piccola," disse, il suo viso sereno. "Ricorda quello che ti ho detto."

Sentii le mie unghie spezzarsi sul terreno roccioso mentre cercavo di oppormi ai serpenti. "Per favore," dissi, la mia vista offuscata dalle lacrime. "Per favore, lascia che ti aiuti!"

Egana mi guardò, regalandomi un sorriso. "L'hai già fatto."

La spada tramontò sul suo collo in un lampo di luce argentea. Un sussulto, uno strattone e la testa di Egana rotolò a terra.

Mi si mozzò il fiato mentre guardai la scena svolgersi davanti ai miei occhi senza poter fare nulla, come se fossi intrappolata in un incubo. Smisi di combattere, il mio corpo si accasciò a terra. Una parte della mia mente fu vagamente consapevole che l'assassino si era chinato per prendere la testa per poi metterla in un sacco e allontanarsi senza neppure voltarsi.

I serpenti mi trattennero fino a quando l'eco dei suoi passi divenne un ricordo nell'anticamera della mia mente.

Sentii le gambe liberarsi e mi alzai lentamente.

Stavo tremando così forte che mi facevano male i

muscoli. Camminai come in un sogno e alla fine raggiunsi il corpo di Egana.

I serpenti sopravvissuti si erano raccolti intorno a lei. Le toccarono il corpo con le loro piccole teste, come se cercassero di svegliarla.

"Se n'è andata," dissi, sorpresa di quanto calma fosse la mia voce. I serpenti mi osservarono con attenzione. Il mio sibilo era stato lungo e acuto. Guardarono un'ultima volta il corpo di Egana, poi strisciarono via, scomparendo nell'oscurità.

Strinsi la mano della mia mentore, fredda e fragile, e la misi sul mio petto. "Ti ho detto che volevo restare perché avevo intenzione di diventare una guaritrice. Non ti ho detto tutta la verità." Le presi l'altra mano e me la misi sulla fronte. "Vedi, in queste ultime settimane sei stata per me la madre che non ho mai conosciuto. E ora ti hanno portato via da me." Le misi entrambe le mani sul petto e aspettai a lungo prima di alzarmi e uscire dalla caverna.

Fuori faceva freddo ed era buio. La luna era una palla d'argento quando alzai gli occhi al cielo; il silenzio era talmente pesante da sembrare un avvertimento intimato dalla notte. "GUARDATEMI!" Urlai al cielo stellato. "Guardatemi tutti voi: Poseidone, Ermes, Ade, Atena, Zeus. Tutti voi, divinità maledette, guardatemi! Non so quanto tempo ci vorrà, non so come, ma ve la farò pagare. Lo giuro."

Rimasi immobile, aspettando che succedesse qualcosa. Nessuno rispose alla mia sfida. Gli dèi non si precipitarono dal cielo come meteoriti per farmi pagare la mia arroganza. Niente si muoveva, nemmeno una folata di vento. O forse era proprio quella la risposta che stavo aspettando.

## 8

## BUONE AZIONI
PRESENTE

Gli occhi del Re sono diventati più opachi dal momento in cui ho iniziato a raccontare la mia storia.

"Sai che cosa è davvero divertente, Perseo?" chiedo, accomodandomi meglio sulla sedia, "il mito dice che Pegaso, il cavallo alato, uscì dal collo della gorgone. Un cavallo, riesci ad immaginarlo? È una menzogna, ma quale mito non lo è?" Perseo non si muove, a malapena respira.

Sono consapevole che le mie mani stanno tremando. Non ci faccio molto caso. La mia voce è tagliente come un rasoio quando riprende a parlare. "C'è qualcos'altro che il mito di Medusa non dice." Rimetto la scatola d'argento nella mia sacca. "Non dice che la giovane ragazza ha abbracciato il corpo della sua amica per ore e ore, mentre piangeva per un'anima gentile che la storia ricorderà per sempre come nient'altro che un mostro. Ma ora sai che cosa ha promesso quella ragazza, non è vero? La vendetta è un vino che deve essere invecchiato per bene, prima di essere assaporato."

Le palpebre del re smettono di sbattere. "Sei stata tu ad avvelenare il mio cibo," dice, trascinando le parole.

"Sì," ammetto senza esitazione. "Sapevo che nessuno avrebbe avuto un antidoto a un veleno di mia creazione, e sapevo altrettanto bene che la Regina avrebbe fatto qualsiasi cosa in suo potere per salvarti la vita. Dovevo solo aspettare di essere accolta a braccia aperte nel tuo palazzo."

"Perché non lasciare che il tuo veleno mi uccidesse? Perché venire di persona e mettere in scena questa farsa?"

"Volevo che sapessi chi è stato e per quale motivo."

Perseo sfodera un sorriso di sfida. "Allora qual è il tuo piano? Eh? Se mi uccidi adesso, non uscirai viva da questo palazzo."

Scuoto la testa. "Dimentichi con chi stai parlando, Perseo. Non hai prestato attenzione alla mia storia? Hai dimenticato quello che mi ha insegnato?"

"Che cosa vuoi dire?"

Annuisco indicando la miscela che gli ho somministrato un paio di ore prima, poi sorrido. "Ti ho ucciso prima ancora che la storia iniziasse."

Perseo studia la ciotola. Le sue pupille si dilatano e quando deglutisce, vedo la consapevolezza sul suo viso. Il Re guarda verso la porta, e cerca di alzarsi dal letto. "G-guardie..." chiama, ma la sua voce è strozzata ed esitante. Si tocca la gola, i tendini ben visibili sotto il bianco della sua pelle.

"Che cosa vedi quando mi guardi, Perseo?" gli chiedo, avvicinandomi al suo volto. "Dicono che gli occhi siano lo specchio dell'anima. Si sbagliano. Gli occhi sono l'arma a doppio taglio della paura. Se l'avessi guardata negli occhi, avresti trovato oscuri pozzi di perdizione che ti fissavano. Quegli occhi erano terrificanti, erano in grado di uccidere, eppure Medusa li usava per salvare le persone, quando poteva. Lei mi ha insegnato che salvare vite umane è importante. Ho imparato bene quella lezione. Tuttavia, ci sono alcune vite che vale la pena mietere senza alcun rimorso."

"Che cosa..." Perseo si ritrae, confusione nei suoi occhi. "Che cosa mi hai fatto?"

"È interessante che cosa succede quando mescoli il veleno di Medusa con il giusto dosaggio di essenza di agrigentario," dico al Re in tono colloquiale. "In questo modo puoi immobilizzare una persona mentre la operi. Ma se aggiungi Latte di Salvia all'impasto succede qualcos'altro. Il tuo corpo inizia a pietrificarsi dall'interno. Le gambe e i muscoli della schiena sono i primi a immobilizzarsi, seguiti da braccia, volto e infine bocca. S'impiega molto tempo per morire e non puoi muoverti o parlare, puoi solo sentire il dolore mentre ogni centimetro del tuo corpo si blocca lentamente fino a fermarsi." Mi avvicino ulteriormente a Perseo e gli sussurro all'orecchio, "L'unica differenza tra te e tutti gli altri è che sentirai il dolore mentre i tuoi organi si pietrificano uno dopo o l'altro. Sì, mi sono assicurata che accadesse lentamente e dolorosamente. Ci vorranno settimane, forse mesi. Tua moglie proverà a mantenerti in vita, forzandoti il cibo in bocca quando tutto ciò che vorrai che faccia è darti un po' di pietà e lasciarti morire. La tua mente sarà intrappolata in un corpo trasformato in pietra. Diventerai pazzo molto prima di morire. Vedi, Perseo? Io non sono affatto misericordiosa come lo era lei."

Mi alzo bruscamente dalla sedia. Perseo mi afferra una mano, ma l'effetto del veleno si è già diffuso in modo tale che ormai è troppo tardi per lui opporre qualsiasi resistenza. Mi scrollo facilmente la mano di dosso. Posso vedere che sta faticando per cercare di parlare. "Che cosa c'è?" gli chiedo. "Vuoi dire qualcosa?"

Perseo mi guarda, i muscoli del collo talmente tesi che sembrano sul punto di esplodere. "Ghu..." l'eroe cerca di parlare, schiuma bianca esce dagli angoli della sua bocca. "Agh..."

"Ghu-agh," annuisco con sguardo pensoso. "Le ultime parole del più grande eroe della storia."

I suoi occhi si muovono all'impazzata e so che la sua mente sta urlando dentro un corpo già incapace di muoversi. Mi diletto per un po' nella sua paura, poi vado verso la porta. Metto la mano sulla maniglia, poi mi fermo, mi giro e guardo Perseo. "Non ci avevo mai pensato," dico, assaporando l'ironia del momento. "È strano quanto a volte la nostra vita ritorni al punto di partenza, un po' come un cerchio. L'inizio è la fine, e la fine è l'inizio. Goditi la tua prigione."

Esco dalla stanza e chiudo la porta dietro di me. "Il Re ha bisogno di riposare," dico alla guardia. "Nessuno deve disturbarlo fino a domani. Nemmeno la Regina. Sono stata chiara?"

La guardia china la testa. "Sarà fatto come ordini, guaritrice."

Percorro il corridoio al contrario, dirigendomi verso l'uscita. La Regina mi sta aspettando alla fine del corridoio.

"Come sta?" chiede, la sua fronte increspata, gli occhi che dardeggiano da me alla stanza del Re. "Ce la farà?"

"Vivrà," rispondo, chinando la testa. "Ma ha bisogno di riposo."

La Regina crolla ai miei piedi, piangendo di gratitudine. "Grazie! Dèi del cielo, grazie mille! Che Zeus ti benedica, Panacea. Come posso ripagarti? Chiedimi qualsiasi cosa e sarà tua."

La guardo con attenzione. "Vostra Maestà ha detto qualsiasi cosa?"

La Regina annuisce. "Qualsiasi cosa."

"In tal caso," le dico con disinvoltura, "per favore, fate tre buone azioni nei confronti di tre persone che disprezzate. Questo ripagherà il Vostro debito nei miei confronti."

Lei mi guarda, perplessa. "Tre buone azioni? Io... io non capisco."

Accenno un breve sorriso. "Neanche io, ma è quello che lei avrebbe voluto." Giro la schiena e mi allontano senza aggiungere altro. Percorro l'ultimo pezzo del corridoio fino a quando mi trovo fuori, nel giardino, e poi fuori dal palazzo.

C'è qualcosa che ho lasciato fuori dalla mia storia. Non ho detto come ho scoperto che la nave di mio fratello era affondata molto prima che raggiungesse Sarpedonte. Non ho detto come ho utilizzato gli ultimi venticinque anni per prepararmi alla mia vendetta. Non ho detto come intendo far pagare alle divinità dell'Olimpo quello che hanno fatto a Egana. Ma Perseo non aveva bisogno di sapere tutte queste cose. Questa storia sarà scolpita sulle lapidi degli dèi.

Una volta fuori, all'aria aperta, riesco a vedere la città di Micene in tutto il suo splendore. Guardo oltre la città, verso il mare, e poi ancora più lontano, verso l'orizzonte dipinto d'oro e di rosso. Il tramonto è vasto, bellissimo e indulgente.

Egana aveva ragione: non importa quanto sangue sia stato versato ieri, sarà comunque spazzato via dalla promessa di un nuovo giorno.

Fine

# LA STIRPE DEL FUOCO

LIBRO II

## 1

# IL CERCATORE DELLE OMBRE

I l nomade non aveva mentito quando mi raccontò delle urla provenienti dalle montagne. Dopo aver conversato con lui, sentii da altre persone che vivevano nella valle una versione simile della medesima storia.

Tuttavia, senza alcun dubbio, il resoconto del nomade fu il più dettagliato, oltre ad essere l'unico che offrisse indicazioni precise per raggiungere le vette e scoprire la verità che si celava dietro quel mistero.

La curiosità e l'amore di mio padre per la scoperta erano due dei motivi per cui decisi d'intraprendere il viaggio, ma c'era qualcos'altro che mi spingeva a inseguire quelle voci, anche se all'epoca non volevo ammetterlo. Le ferite del passato non smettono mai di sanguinare. Tutto quello che possiamo fare è imparare a conviverci.

Non ero mai stato un arrampicatore molto bravo, e la prospettiva di viaggiare in una regione montagnosa, piena di rupi, un susseguirsi di massi e rocce appuntite non mi entusiasmava affatto, soprattutto a quel tempo, quando la mia gamba malandata mi tradiva spesso.

Per due giorni e due notti cavalcai attraverso una regione

desertica, seguendo la mappa che il nomade aveva disegnato per far sì che non mi perdessi. Il terzo giorno, un serpente con la testa viola morse il mio cavallo. La povera bestia morì in pochi minuti. Da quel momento fui costretto a proseguire a piedi.

La mattina dopo arrivai in un villaggio sperduto non lontano dalle montagne, una misera collezione di edifici bassi e malandati e di capanne dall'aspetto lugubre. Gli abitanti erano vestiti in modo semplice, con stracci rappezzati con pelli di animali. Alcuni di loro erano dei cacciatori, uomini dalla carnagione color sabbia e dagli occhi scuri. Portavano con sé archi corti, fatti di un legno levigato che rifletteva in modo opaco la luce del sole. C'erano anche dei pastori ricoperti di folte pellicce che andavano in giro a vendere carne secca, latte e formaggio nel piccolo mercato al centro dell'insediamento. Alcuni nomadi coperti da lunghe tuniche nere vendevano vino speziato, birra e sidro. Il villaggio era un semplice granello di civiltà al confine di quello sterminato deserto roccioso.

Il nomade aveva detto che ogni giorno a mezzogiorno la gente della valle sentiva un rumore simile ad una serie di urla strazianti ripetersi tra una folata di vento e l'altra. Mi aveva riferito che le urla appartenevano a un demone-ombra che era stato punito dagli dèi per aver commesso un crimine indicibile. Purtroppo nessuno sembrava sapere quale fosse. Quello su cui tutti sembravano concordare era che le urla si ripetevano da tempo immemorabile. Qualcuno affermava addirittura che esistessero già dall'alba della civiltà umana.

I racconti popolari possono apparire colorati come arcobaleni. Se c'è qualcosa che ho imparato dai miei innumerevoli viaggi, è che più una storia viene ripetuta tra la gente, più diventa improbabile e affascinante. Ed è questo il motivo per cui si diffonde.

Quel villaggio era l'epicentro della storia. Se c'era un posto dove trovare delle risposte, era quello.

L'insediamento era talmente piccolo che non aveva né un nome né una posizione sulla mappa. La maggior parte delle persone che vivevano lì sembravano perlopiù anziane o malate. C'erano più donne che uomini e nessuno di loro sembrava felice di trovarsi in quel luogo. Maiali e capre si aggiravano liberamente attorno alle case, frugando tra gli scarti e nutrendosi di rifiuti. I pochi bambini che incontrai correvano nudi in mezzo alle capanne, inseguendo polli secchi e quasi completamente privi di piume.

C'era una piccola piazza polverosa nel centro del paese, non lontana dal mercato. Mi fermai e mi sedetti su una pietra vicino a un pozzo. Era ancora mattina presto, così aspettai l'inesorabile ascesa del sole.

Venne mezzogiorno, e con esso il rumore di cui tutti mi avevano parlato.

Proveniva dal nord, dove le cime delle montagne si innalzavano come mastodontici denti.

All'inizio mi sembrò il lamento indistinto di una bestia in procinto di essere macellata. Eppure, mentre continuavo ad ascoltare, percepii qualcos'altro: un suono prolungato e acuto. Non potevo esserne certo da quella distanza, ma il rumore sembrava effettivamente un urlo.

Mi guardai intorno. Nessuno si fermò anche solo per dare un'occhiata alle vette. Per gli abitanti del villaggio, si trattava di un evento consuetudinario quanto la polvere che stavano calpestando. Le urla durarono diversi minuti, poi s'interruppero. Il silenzio che seguì aveva qualcosa d'inquietante.

Mi alzai con fatica massaggiando il ginocchio dolorante.

Avevo trattato la mia gamba malamente nei giorni scorsi, desideroso di arrivare il prima possibile al villaggio, e ora ne stavo subendo le conseguenze. Strinsi i denti e feci del mio meglio per ignorare il dolore. Fermai i passanti che incontravo e feci loro alcune domande: "Buon uomo, cos'è quel rumore che ho sentito?" chiesi, offrendo un sorriso e indicando le vette. "Signora, un momento del tuo tempo. Che cosa credi sia l'urlo che viene dalle montagne?"

Per il resto del pomeriggio feci domande alle persone che incontravo. Le risposte che ricevetti erano più o meno le stesse.

"Il rumore proviene da un demone ombra," mi venne ripetuto nello stesso identico modo, "e dura finché dura la punizione inflittagli dagli dèi." Quanto alla punizione in sé, nessuno sapeva cosa fosse, o perché gli dèi l'avessero inferta.

Era esattamente come aveva raccontato il nomade. La gente del villaggio conosceva la storia, ma non aveva alcuna opinione al riguardo. Non mettevano in discussione quel rumore, così come la maggior parte degli uomini non si interrogava sul susseguirsi delle stagioni, né sui movimenti delle stelle. Vivevano con quei fenomeni senza chiedersene il *perché*.

Solo una persona tra gli abitanti del villaggio, una fanciulla che non poteva avere più di dieci anni, mi fece delle domande per conto suo. Aveva lunghi capelli color paglia ed enormi occhi castani.

"Come ti chiami, straniero?" chiese dopo avermi tenuto d'occhio per un po' da dietro il pozzo.

"Mi chiamo Zid."

"Da dove vieni, Zid?" Osservò con attenzione il mantello rosso che lasciava intravedere la tunica di lana, lunga fin quasi ai calzari. "I tuoi vestiti sono strani. Il tuo viso è ancora più strano."

"Vengo da lontano." Indicai nella direzione della valle. "Da ovest, anche se considero il mondo intero la mia casa. Sono un viaggiatore, un filosofo e uno storico."

La bambina aggrottò la fronte. Immaginai che non conoscesse il significato di quelle parole.

"Perché sei qui?" chiese dopo aver riflettuto. Altre persone si fermarono ad ascoltare la nostra conversazione.

"Mi è giunta voce della storia del demone ombra." Annuì verso le vette da cui era provenuto il suono simile ad un lamento. "Voglio svelare il mistero che si cela tra le montagne."

La fanciulla mi guardò come se avessi appena ammesso di voler misurare la grandezza del cielo. "Allora devi essere pazzo," disse ridacchiando. "Non c'è nessun mistero da svelare. Mi hai appena detto che conosci la storia del demone, giusto?"

"Conosco la storia, è vero," dissi incrociando le braccia. "Ma non saprò mai cosa è vero finché non andrò là fuori a scoprirlo."

"Così sei qui per semplice *curiosità*," disse la bambina con un sorriso confuso.

"Beh... sì", le risposi, accigliandomi. "Ci trovi qualcosa di strano?"

"No." La bambina scrollò le spalle. "Dimostra solo che sei pazzo."

Strinsi le labbra al suo tono beffardo. Improvvisamente mi accorsi che la gente si era messa a ridacchiare. "Perché credi che sia pazzo?"

La giovane mi si avvicinò. "Non è ovvio? Vuoi andare lassù, in quella terra desolata dove le rocce sono affilate come coltelli e il vento morde con i suoi denti gelati attraverso la lana e la pelliccia, rischiando probabilmente la tua vita, solo per curiosità?" Gli occhi della bambina si ridussero a fessure. "Chi, se non un pazzo, farebbe una cosa del genere?"

Mi appoggiai al pozzo per dare un po' di sollievo alla gamba, e mi ritrovai a sorridere alla fanciulla. "Hai una mente vispa e una lingua tagliente quanto un rasoio, te lo ha mai detto nessuno? Ma hai ragione. La curiosità è solo *una* delle ragioni."

La giovane abitante del villaggio si stropicciò il naso. "E qual è l'altra ragione?"

Le persone che si erano fermate ad ascoltare ripresero a camminare, scuotendo la testa mentre borbottavano qualcosa di incomprensibile. Forse anche loro pensavano che fossi pazzo. Le guardai andare via e poi concentrai la mia attenzione sull'unica che mi era rimasta ad ascoltare. "Mi dà fastidio non sapere chi o che cosa provoca quelle grida." Le parole mi uscirono dalla bocca lentamente, quasi senza volerlo.

La bambina inclinò la testa di lato. "Perché?"

Guardai verso terra, stringendo le mani a pugno. Per molto tempo non dissi nulla, ma alla fine sollevai lo sguardo incontrando nuovamente gli occhi della giovane. "Ti piace ascoltare storie?"

"Solo quelle che fanno paura," fu la risposta.

"Davvero?"

La piccola annuì.

"Bene." Mi schiarii la gola, sentendo una leggera pesantezza nel petto. "Eccone una per te, allora. Molti anni fa, quando ero un ragazzo non molto più grande di te, ho vissuto per una stagione in un paesino chiamato Berhun. Si trovava all'interno della foresta di Argatia, a meno di un giorno di viaggio dalla città di Shalayla. Berhun non era un granché come paese, c'erano poche cose che un ragazzo poteva fare, ma il clima era soleggiato per la maggior parte del tempo e l'aria aveva un profumo gradevole, un misto tra alberi di pino e ambra. Mi piaceva molto." Feci un respiro profondo, i miei occhi si persero nel vuoto per qualche secondo, ma alla fine ripresi il racconto. "Un giorno, mentre visitavo il mercato di Berhun, la città cominciò a piacermi ancora di più. La fanciulla più bella che avessi mai visto mi passò davanti portando un cesto colmo di bacche selvatiche. Aveva capelli color rame che le cadevano oltre le spalle e i suoi occhi erano blu come l'acqua di un lago. Fu amore a prima vista. All'epoca ero un giovane piuttosto timido, ma quella fanciulla era così bella che decisi di farmi coraggio e andare a parlarle."

Avvertii le mie labbra accennare un sorriso mentre il ricordo prendeva il sopravvento. Mi resi conto che la giovane del villaggio, ora seduta davanti a me, mi stava fissando. C'era interesse sul suo volto.

"Non ricordo molto di quello che le dissi quel giorno," continuai, "ma deve avermi trovato divertente, perché rise a tutte le mie battute, e ascoltò rapita le mie storie. Il suo nome era Archena e viveva in una fattoria a un paio di giorni dalla città. Mentre sua madre era impegnata a vendere latte e formaggio, mangiammo le bacche che aveva raccolto nel bosco, e parlammo per ore. Quando il cielo si tinse di blu e la forma della luna iniziò a fare capolino tra le nuvole, sua madre la chiamò. Dopo esserci promessi di rivederci la settimana successiva, nello stesso giorno in cui la sua famiglia sarebbe tornata per vendere i prodotti della loro terra, ci salutammo."

Chiusi gli occhi e per un attimo sentii il profumo dei pini e delle bacche che il ricordo aveva evocato.

"Beh?" la giovane mi fece pressione quando rimasi in silenzio per troppo tempo. "Cosa è successo dopo?"

"Il giorno dopo," dissi, "una pesante coltre di nebbia

84 MICHELE AMITRANI

coprì tutta la città. Quella notte fui svegliato da un rumore acuto proveniente dalla foresta. In quel momento pensai che fosse semplicemente il verso di un lupo o il fruscio del vento, così chiusi le persiane e tornai a dormire. La mattina seguente sentii molti cittadini lamentarsi di urla agghiaccianti provenienti da una grotta vicina alla città. Tutti pensavano che uno spirito maligno, portato dalla nebbia, si fosse insediato nella foresta con l'intento di uccidere. Come conseguenza di questo avvenimento, i cacciatori smisero di cercare la selvaggina, i mercanti interruppero i loro viaggi a Shalayla e i taglialegna tennero l'ascia a casa, proibendo alle loro famiglie di uscire. Le urla continuarono per due giorni e due notti. Il terzo giorno, si fermarono improvvisamente."

Presi dalla sacca da viaggio l'otre che conteneva il vino speziato e mi inumidii le labbra. "Una settimana dopo, un cacciatore trovò il corpo di Archena nella grotta, la sua gamba intrappolata in una depressione del terreno. Era sopravvissuta per giorni, urlando disperatamente affinché qualcuno la aiutasse, ma le sue richieste di aiuto morirono con lei."

"Perché mi stai raccontando questa storia?" La giovane mi studiò attentamente. "Pensi che sia stata colpa tua se è morta?"

"Credo che sia stata la paura dell'ignoto a ucciderla."

"Ed è per questo che sei qui? Pensi di trovare una ragazza che grida aiuto tra quelle montagne?"

"Te l'ho detto, non so cosa troverò," dissi. "Questo è il motivo per cui sono qui. Voglio scoprirlo."

Un lungo silenzio seguì la mia affermazione. Alla fine la bambina si alzò in piedi, il suo viso smunto diviso da un sorriso impertinente. "Penso ancora che tu sia un po' matto, però ho deciso che mi piaci." Si sgranchì le braccia con un gemito, poi guardò il cielo. "Si sta facendo tardi. È meglio che vada. Attento a dove metti i piedi quando sei là fuori, capito? Il terreno è insidioso. Meglio che non ti rompi una gamba quando i lupi escono dalle loro tane."

La guardai trotterellare via con le mani messe a coppa attorno alla bocca mentre imitava il verso di un lupo. Scossi la testa e sorrisi. Che bambina strana, pensai.

Rimasi qualche istante a respirare l'aria fresca della serata, pensando a un giovane che sapeva solo come avere paura. Poi, quando la temperatura scese bruscamente, zoppicando mi diressi verso l'altra parte del villaggio.

NON SO ESATTAMENTE che cosa sentirono della mia conversazione con la fanciulla gli abitanti del villaggio, ma da quel momento in poi mi chiamarono "il cercatore delle ombre". Usarono quell'appellativo anche se mi presentai più volte con il mio nome. Ancora oggi non so per quale motivo si ostinarono a chiamarmi in quel modo.

Passai i due giorni successivi a recuperare le forze e a raccogliere provviste per il mio viaggio verso le montagne. Scambiai alcuni degli oggetti che avevo nel sacco da viaggio: perle, monete straniere e quarzi levigati, in cambio di cibo e di un riparo. La gente in quel posto sembrava interessata in particolar modo agli oggetti luccicanti. In generale le persone erano amichevoli, ma raramente scambiarono con me più di qualche frase. Si tennero a distanza da uno straniero che ritenevano bizzarro, qualcuno che indossava abiti esotici e che faceva troppe domande. I tentativi di fare conversazione non andarono oltre allo scambio di scarne battute forzate.

Non mi diedi per vinto. Avrei scoperto la verità che si celava nelle montagne con o senza il loro aiuto.

L'ultima notte prima della partenza, lasciai la piccola capanna che fungeva da abitazione temporanea. Apparteneva al capo villaggio, un uomo anziano e completamente pelato che aveva un profondo cipiglio che sembrava scolpito in maniera imperitura sulla fronte. L'uomo me l'aveva ceduta per un paio di notti in cambio di una piccola tazza di ceramica che avevo acquisito nella città di Troia.

Quella notte lo trovai a fissare il cielo stellato, la fronte come sempre corrucciata.

"Uomo saggio," lo salutai, "quali storie ti suggerisce il cielo in questa notte senza nuvole?"

"Il cielo è muto," rispose il vecchio senza neppure voltarsi. "Non ha alcuna storia da raccontare."

Mi fermai accanto a lui e osservai le stelle. "Che cosa vedi quando guardi in alto?" gli chiesi.

L'anziano sollevò un sopracciglio cespuglioso. "Vedo gli occhi degli dèi," disse seccamente. "Non sono felici."

"E perché mai?"

"Perché vuoi svelare le ombre nascoste dietro le ombre." Mi guardò con un'espressione severa, poi si voltò e mi lasciò senza aggiungere altro.

Scrollai le spalle e tornai a guardare il cielo. "E tu che cosa vedi, Zid, figlio di Xhoroast?"

La risposta era semplice: vedevo luci brillanti incastonate nel cielo notturno. Niente di più. Una volta incontrai un mercante fenicio che credeva che quelle luci fossero altri mondi dove altre persone guardavano in alto e vedevano solo un altro cielo stellato. Per loro, eravamo *noi* le piccole luci luminose. Sorrisi a quel pensiero. L'idea mi era sempre piaciuta. Da allora, ogni volta che alzavo lo sguardo non mi sentivo più solo.

Mi crogiolai nella meraviglia della creazione, sentendo i muscoli rilassarsi.

Il giorno successivo sarei finalmente andato sulle vette per svelare il mistero delle grida. Mi ero fatto una vaga idea di dove andare. Purtroppo, visto che nessuno degli abitanti era interessato a cercare il demone ombra, non avrei avuto una guida. Mi sarei dovuto svegliare all'alba e partire da solo, lasciando che le grida stesse suggerissero la mia destinazione.

Frugai nel sacco da viaggio e bevvi un sorso di vino dal mio otre. Mi toccai la gamba, strofinando la zona sopra il ginocchio, felice che il dolore del giorno prima fosse diminuito. L'indomani sarebbe stata rigida, ma mi avrebbe permesso di camminare. E quella era l'unica cosa che mi importava.

Dal sacco presi un oggetto grande quanto il mio pugno e lo studiai. Era una piccola statuetta raffigurante una donna. Si trattava dell'ultimo regalo che mi aveva fatto mio padre, e lo consideravo un portafortuna. Mi girai verso le cime delle montagne. Le loro forme affilate mi facevano pensare a degli artigli che cercavano di perforare il cielo.

"Un'altra avventura ti aspetta," sussurrai alla notte mentre guardavo la statuetta. Era la cosa più preziosa che possedessi. Mi aveva accompagnato in tutte le mie avventure portandomi fortuna.

Ero relativamente giovane all'epoca, qualche giro di luna dal mio ventinovesimo compleanno. Pensavo di essere pronto ad affrontare qualsiasi cosa.

Ero uno sciocco.

Niente avrebbe potuto prepararmi a quello che avrei trovato su quelle montagne.

## 2

## IL DEMONE OMBRA

Non avevo mentito alla bambina del villaggio. Uno dei motivi che mi aveva portato sulle montagne del Caucaso era stato il rimpianto per quello che era successo ad Archena. La storia del demone ombra sembrava talmente simile a quella della bambina intrappolata nella grotta che non potevo semplicemente ignorarla.

Ma c'era dell'altro.

A quel tempo avevo viaggiato abbastanza da svelare la verità dietro molti misteri e leggende in diverse parti del mondo. Avevo visto molte cose strane nei miei viaggi, ma la maggior parte non erano altro che timori collettivi suscitati da dicerie o il disagio delle persone riguardo a cose che non riuscivano a spiegare. Ma non sempre. Le urla che qualcuno crede di sentire nelle foreste, nelle viscere profonde delle grotte, nel fitto delle giungle e nei recessi più profondi della terra spaventano perché non si sa che cosa le produce. L'ignoranza diventa paura, e la paura, spesso, diventa indifferenza. E a volte l'indifferenza uccide le persone.

Avevo imparato quella lezione sulla mia pelle. Sapevo che l'unica arma efficace contro l'indifferenza è la curiosità.

Fu con questo spirito che mi svegliai la mattina successiva. L'aria era frizzante e il vento portava con sé l'odore del muschio e dell'erba di nerospino. Lasciai la mia capanna e mi diressi verso le montagne.

La temperatura era scesa bruscamente rispetto al giorno precedente, ma quando il villaggio divenne una piccola collezione di edifici alle mie spalle, cominciai a sentire il sudore scendere dalla mia fronte. Camminare non era facile, soprattutto con la mia gamba malandata. Evitare pietre, sassi e tronchi caduti si rivelò impegnativo, e il terreno irregolare nascondeva molti pericoli: radici esposte, crepe e piccoli detriti su cui si poteva scivolare facilmente.

Continuai a camminare, sperando che le mie energie durassero abbastanza a lungo da farmi raggiungere la destinazione.

Mi fermai diverse volte, controllando il cielo per verificare la posizione del sole. Quando il sole raggiunse lo zenit, mi guardai intorno, aspettando che il rumore mi desse le ultime indicazioni di cui avevo bisogno.

Non rimasi deluso.

Una serie di urla esplose tutt'attorno, rompendo il silenzio che avvolgeva le montagne. Mi diressi il più velocemente possibile verso la fonte del suono, cercando di ignorare il fastidio crescente alla gamba.

Mi ero già arrampicato abbastanza in alto nella mattinata per arrivare in tempo, ma dovetti comunque scalare qualche roccia in più per arrivare dove volevo. Notai che un grosso pezzo di roccia pianeggiante spuntava da una formazione situata qualche metro più in su. Sembrava che qualcuno avesse costruito una piattaforma larga quanto il ponte di una nave su quel lato della montagna. Le urla provenivano da lì.

Mi arrampicai con molta attenzione, legando il sacco da viaggio con una corda intorno alla vita.

Mi sollevai pian piano, afferrando una sporgenza dopo l'altra e avvicinandomi sempre più verso la spianata. Mentre salivo, le urla si placarono lentamente fino a quando non vennero sostituite da un silenzio inquietante.

Mi guardai intorno, in attesa di un altro urlo, ma non ne giunse nessuno. Raddoppiai i miei sforzi e continuai a scalare.

Quando finalmente misi piede sullo spiazzo, guardai il punto da cui erano provenute le urla.

Per qualche secondo non vidi nulla di interessante, tranne il terreno largo e piatto di fronte a me, ma dopo qualche minuto qualcosa di luccicante attirò il mio sguardo: due catene grigio-blu, lunghe diversi metri e spesse quanto le mie braccia, catturavano la luce del sole. Erano fissate sul fianco della montagna e terminavano su una roccia massiccia. Feci un passo in avanti, e poi mi bloccai sul posto.

Sbattei le palpebre e trattenni il fiato quando capii che la roccia non era affatto una roccia.

Sul terreno roccioso giaceva *qualcuno*. Non era una persona; quello mi fu chiaro immediatamente. La sua testa era grande come il mio busto, le sue membra erano lunghe il doppio di quelle di un uomo adulto, spesse e rigonfie di muscoli. Mi ci vollero alcuni secondi per capire che stavo fissando un gigante. Era nudo, tranne che per un panno arrangiato intorno all'inguine. Non aveva capelli, né peli sul volto, e la sua pelle era grigia quasi quanto la roccia che circondava tutto.

Le gambe del gigante erano piegate e i suoi stinchi toccavano terra. Aveva la schiena ricurva e la fronte poggiata sul terreno. Era immobile, i suoi occhi chiusi. Sembrava morto.

Guardai le catene una seconda volta e mi accorsi che

erano attaccate ai polsi di quella creatura gigantesca, legandola in questo modo alla montagna.

Mi mossi con cautela, dando un'occhiata in giro per assicurarmi di non aver ignorato nessun altro particolare importante. Solo dopo essere tornato a guardarlo notai il lungo squarcio nella parte superiore del suo addome. Una sostanza color perla gli scorreva lungo il corpo. Guardai il gigante con disagio crescente. Il colore mi ingannò per qualche istante: mi ci volle un po' di tempo per capire che si trattava del suo sangue.

Stavo cercando di decidere cosa fare quando la creatura iniziò a grugnire. Di riflesso feci un passo indietro, quasi inciampando nella mia fretta di allontanarmi. Il sacco da viaggio mi cadde dalla spalla, colpendo il terreno con un tonfo.

Gli occhi del gigante si aprirono all'improvviso e mi fissarono. Indietreggiai ulteriormente con il fiato mozzo. Il suo sguardo aveva un'intensità tale che per un momento temetti che potesse sciogliermi le ossa.

Il tempo si fermò. I miei sensi si amplificarono. Avvertii il battito del cuore accelerare. Debolmente, in lontananza, sentii lo strido di un'aquila.

Ci guardammo in silenzio per quella che sembrò un'eternità, mentre il vento gelido frustava il mio volto.

Il gigante distolse lo sguardo e tossì, sputando un grumo di sangue scintillante per terra. Il suo respiro era simile al raspare di una zappa su un campo arido.

Continuai a indietreggiare, cercando di non emettere alcun suono mentre mi muovevo.

Il gigante tossì una seconda volta, e dalla sua ferita uscì ancora più sangue. Produsse un verso simile ad un grugnito e fece leva sulle braccia per spingersi di lato. Sembrava che stesse cercando di alzarsi.

Non rimasi lì per scoprirlo. Mi girai e scappai il più velocemente possibile.

ERO a metà strada verso il villaggio prima che mi ricordassi che quella creatura era incatenata alla montagna. Mi fermai e ripresi fiato.

Guardai dietro di me, temendo di vedere una forma grigia che mi seguiva, ma ero da solo. Strinsi i denti, ignorai il dolore pulsante alla mia gamba e continuai a camminare.

Quando arrivai al villaggio, la gente interruppe quello che stava facendo e mi guardò con occhi pieni di interesse. Arrancai verso la piazza, ansimando rumorosamente.

"L'ho visto," dissi con voce rauca ad ogni persona che mi passava accanto, indicando verso le vette. "È davvero lì! Sulla montagna!"

Un paio di persone andarono ad avvertire l'anziano del villaggio. L'uomo che mi aveva prestato la sua capanna uscì da un edificio basso e rotondo. Annuì quando mi guardò, come se conoscesse un grande segreto.

"Cercatore," disse, i suoi occhi si soffermarono sui miei. "E così hai incontrato il demone ombra."

Scossi la testa con risolutezza, cercando di dare un senso a ciò che avevo visto. "No," mi guardai alle spalle, come avevo fatto innumerevoli volte durante la mia fuga, e rabbrividii. "Non era un'ombra quello che ho visto. Lui era... era enorme e fatto di carne e ossa." Cercai di riprendere fiato, pensando alla creatura incatenata alla roccia. Il suo sangue bianco perlato mi appariva di fronte ogni volta che chiudevo gli occhi, come l'immagine residua del sole quando si fissa per troppo tempo.

"Lui, hai detto?" disse una donna mentre teneva in

braccio un neonato. "Ma se non è un'ombra, allora che cos'è?"

Cercai di evocare i dettagli, ma era difficile riesumarli dal pantano della mia memoria. Era successo tutto in pochi istanti.

"Si tratta di un gigante," dissi, cercando di tenere l'immagine nella mia mente. "Grande come tre uomini adulti... e... e..." balbettai qualcosa di incomprensibile, non sapendo come continuare. Che altro? Non riuscivo a ricordare.

"Un gigante," ripeté il capo villaggio con un'espressione cogitabonda. "Che tipo di gigante?"

"Non sono sicuro," risposi, la mia voce era esitante. Dovevo essere pallido come un cadavere perché qualcuno mi offrì dell'acqua. Bevvi avidamente e quando la mia sete fu placata, guardai l'anziano. "Era un essere colossale, legato al fianco di una montagna da catene spesse quanto il mio braccio. Lui... Credevo che fosse morto, ma era soltanto ferito gravemente, credo. C'era sangue dappertutto, solo che... beh, il suo sangue era diverso."

Gli abitanti del villaggio si guardavano l'un l'altro. Alcuni di loro mormoravano mentre mi lanciavano sguardi dubbiosi, ma nessuno dei loro sussurri raggiunse le mie orecchie.

"Cosa è successo dopo?" chiese l'anziano.

"Lui... il gigante mi ha guardato," dissi, ricordando l'intensità di quello sguardo. "Stava cercando di rimettersi in piedi quando me ne sono andato, ma non credo che sia ancora vivo. Quella ferita sembrava davvero profonda."

"È vivo," disse l'anziano con certezza. "Perché domani sentiremo le sue urla come è sempre successo, così come è stato per i nostri padri, e per i padri dei loro padri."

Le persone lì attorno annuirono, come se l'anziano avesse dichiarato una verità innegabile. Il capo villaggio mi guardò e aprì le braccia. "Bene, cercatore. La tua curiosità è stata soddisfatta." Sorrise, come se gli fosse stato tolto un grande peso dalle spalle. "Hai trovato quello che stavi cercando. Lascerai il villaggio domani?"

Lo guardai con incredulità. "Ti ho appena detto che un gigante vive su quelle montagne. È a meno di quattro ore dalle vostre case. Non avete paura che possa spezzare le catene e che possa attaccarvi?"

"Non verrà," disse l'anziano con risolutezza. "È incatenato, e non è destinato ad andare da nessuna parte."

"Non puoi saperlo con certezza."

"Gli dèi l'hanno messo lì, cercatore," ripeté l'anziano. "Non abbiamo bisogno di sapere altro."

"Quindi non farete niente?"

"Cosa vorresti che facessimo?"

"Beh, se è ancora vivo, come mi sembra tu sia convinto, andate a parlargli. Scoprite perché si trova lì. Sarebbe un inizio."

"Perché dovremmo fare una cosa del genere?"

Li guardai tutti quanti, uno per uno. "C'è qualcuno che vuole venire con me a interrogare il gigante? Allora? Che cosa dite?"

Nessuno rispose. La maggior parte degli abitanti agitarono le mani come se non volessero avere niente a che fare con quella storia e tornarono alle loro faccende quotidiane.

"Cercatore," l'anziano mi si avvicinò con le mani giunte dietro la schiena. "Non hai risposto alla mia domanda. Te ne andrai domani?"

"No," risposi con fermezza. "Ho intenzione di restare."

"Tornerai a visitare il demone?"

"Te l'ho detto. Non è un demone."

"Questo è quello che dici." L'anziano fece un respiro

profondo. "Ancora una volta, non hai risposto alla mia domanda."

"Non lo so," dissi, passandomi una mano tra i capelli sudati. "Rimarrò, per il momento."

Il vecchio sbuffò, il volto corrucciato. "Questo significa che avrai ancora bisogno della tua sistemazione. Molto bene. Darò istruzioni a mia moglie di farla preparare per la notte."

Quando l'anziano se ne andò la poca gente che era rimasta si disperse, lasciandomi da solo. Crollai a terra con un sospiro. Mi massaggiai le tempie, cercando di dare un senso a ciò che avevo visto.

"Sembri stanco morto."

Sussultai, preso alla sprovvista, e guardai nella direzione della voce. Davanti a me c'era la bambina con i capelli chiari e gli occhi castani che mi aveva parlato qualche giorno prima.

"Ah," dissi con un sorriso stanco. "Sei tu. Pensi ancora che sia un pazzo?"

"Ti è sembrato triste?" mi chiese, ignorando la mia domanda.

Esitai per un attimo prima di rispondere. "Scusa?"

"Il gigante." La fanciulla giocherellò in modo assente con una ciocca di capelli. "Ti è sembrato triste?"

Mi strofinai il mento, ripetendo la domanda che mi aveva fatto più volte con aria confusa. "Ehm... triste?" dissi. "Io ... non lo so. Che razza di domanda è?"

"È solo una domanda."

"Beh, la tua domanda non ha senso. Sai che ti dico? Hai ragione. Sono stanco." Mi alzai con un gemito, dolorosamente consapevole della mia gamba. "Vado a coricarmi."

"L'hai perso?"

La guardai esasperato. "Perso?" ripetei. "Di che cosa stai parlando?"

"Il tuo sacco," fu la sua risposta. "Stamattina ti ho visto portarlo con te. Ora non ce l'hai più."

Mi toccai la schiena, ma non afferrai nient'altro se non aria. Mi girai e mi guardai intorno. Niente. La bambina aveva ragione. Il mio sacco da viaggio era sparito.

"No," sussurrai, un sapore aspro nella mia bocca. Ripercorsi i miei passi fino a raggiungere la periferia del villaggio, il mio sguardo guizzante che ispezionava le montagne. Era possibile che avessi lasciato cadere il sacco quando stavo...

Mi morsi il labbro, e sentii la gola restringersi. All'improvviso mi ricordai che cosa era successo. Il sacco mi era caduto senza che me ne rendessi conto dopo aver visto il gigante.

Alzai lo sguardo, i miei occhi offuscati dalla stanchezza. Nel cielo sempre più scuro, si stavano ammassando grossi nuvoloni. Presto ci sarebbe stato un manto uniforme di blu profondo, il preludio della notte.

Non potevo avventurarmi lì fuori a quell'ora. Arrampicarmi nel buio era un modo sicuro per rompermi l'osso del collo. Dovevo aspettare il mattino.

Il pensiero di tornare indietro mi spaventava, ma non potevo abbandonare il dono di mio padre.

Era il mio guardiano e rappresentava tutto ciò che rimaneva della mia famiglia.

Non potevo perderlo.

## 3

# UNA FIAMMA CON MOLTI NOMI

Mio padre diceva che un uomo può rendersi ridicolo in tre modi diversi: non mantenendo una promessa, bevendo più di quanto lo stomaco può sopportare, e cercando di fare più cose allo stesso tempo.

Per questo motivo continuai a pensare esclusivamente all'arrampicata, cercando di non concentrarmi su nient'altro che non fosse il muovermi verso la mia destinazione.

Non fu affatto facile. Il dolore alla gamba era peggiorato nella notte, e solo la pura determinazione mi spinse ad andare avanti.

Il sole era una sfera accecante a un quarto della sua strada verso lo zenit. Mi ero svegliato ed ero partito per i picchi quando la luce non era altro che un disco giallo tenue schiacciato contro l'orizzonte.

Volevo riprendermi ciò che era mio. Mi sentivo nudo senza il mio talismano. Mi sentivo perduto.

Ho imparato molto tempo fa che le persone tendono ad affezionarsi a oggetti che hanno una storia. Quando questo legame viene forgiato, la gente comincia a trattare qualcosa di semplice come un pezzo di roccia scolpita come parte di sé stessi. Il regalo di mio padre era esattamente questo per me: una terza mano, un cuore pulsante, una parte del mio corpo di cui non potevo fare a meno.

Mio padre, che era conosciuto per il suo artigianato, mi aveva insegnato a conservare i cimeli con il massimo rispetto. Tutte le persone che lo avevano conosciuto dicevano che aveva il dono di iniettare vita negli oggetti.

Era vero. Mio padre era abile in molte arti, ma la prima cosa che mi viene in mente quando penso a lui è la sua passione per i viaggi. Non rimase mai in un posto per più di qualche anno e nell'arco della sua vita servì nelle corti di molti re e sovrani. Gli piaceva pensare a sé stesso come ad un matematico e un architetto, ma la sua vera vocazione era sempre stata la scultura. Il suo operato lo dimostrava egregiamente. Molte delle sue opere abbelliscono ancora oggi le sale di principi e re nel mondo civilizzato.

Quando mia madre morì, mio padre creò una statuetta che la raffigurava e me la diede come regalo. Disse che quell'oggetto conteneva il suo ultimo respiro.

La scultura era più piccola del palmo della mia mano, ma era una delle sue opere migliori. L'aveva ammesso lui stesso. Quando gli chiesi perché, mi rispose: "Perché ci ho messo dentro una parte della mia anima."

Il sole si avvicinò allo zenit mentre mi arrampicavo sulla montagna.

Quando raggiunsi la piattaforma dove avevo trovato il gigante, riuscivo a malapena a camminare.

"Saluti, figlio dell'umanità."

Trasalii. Il gigante era in piedi a pochi passi dal limitare della spianata, la schiena rivolta verso di me. Era più alto di quanto avessi inizialmente creduto, quasi tre metri dalla punta dei suoi piedi alla testa. La pelle grigio ardesia lo faceva sembrare un pilastro che era stato scolpito per imitare un essere umano. Stava guardando con attenzione qualcosa sul palmo della mano. Sussultai quando mi resi conto che si trattava della mia statuetta.

"Ti supplico," dissi. "Quella statua mi è molto cara. Non romperla."

"Romperla?" La voce del gigante era profonda e grave. "Perché dovrei romperla? È bellissima." Studiò la scultura per qualche altro secondo prima di voltarsi verso di me. I suoi occhi erano di un intenso rosso fiammeggiante. "Mi chiedevo se saresti tornato a prendere le tue cose." Mi mostrò l'altra mano, nella quale teneva il mio sacco da viaggio.

Annuii goffamente, alzai un braccio e poi lo lasciai cadere al mio fianco. Guardai prima il gigante, e poi il mio sacco da viaggio, con gli occhi che andavano avanti e indietro senza sosta.

"Bene, allora." La colossale creatura mise la statuetta nella sacca e me la porse. "Puoi riprendere le tue cose."

Non mi mossi di un centimetro. Una parte di me stava implorando di andarmene, ma non potevo. Avevo bisogno di riavere il regalo di mio padre. Lentamente cominciai a fare un passo esitante dietro l'altro, le mie gambe scosse da un visibile tremito.

"Hai paura." Il gigante si accigliò, la sua voce simile ad un sasso che rotola dal lato di una montagna. "Non devi temermi, mortale. Non è mia intenzione farti del male."

Non gli credevo. Quell'essere enorme mi spaventava a morte. Più mi avvicinavo, più mi rendevo conto che la sua pelle brillava, emanando un'aura grigio-blu dello stesso colore delle sue catene.

Continuai a muovermi in maniera esitante fino a

quando tutto quello che ci separava erano un paio di metri. Guardai le catene, consapevole che erano tese. Se mi fossi avvicinato di più, il gigante avrebbe potuto afferrarmi.

L'essere colossale sembrò percepire la mia esitazione. "Capisco," disse, annuendo. Posò il sacco a terra, poi si girò e si allontanò il più possibile, raggiungendo la parte opposta della piattaforma. "Ecco fatto," disse, facendomi segno di avvicinarmi al sacco. "Ora puoi prenderlo."

Afferrai le mie cose e indietreggiai velocemente.

"Bene," disse il gigante, sorridendo. "Non c'è niente di meglio che ritrovare ciò che si credeva perduto; è quando le cose che davamo per scontate diventano veri e propri tesori."

Frugai nel mio sacco e mi sentii sollevato quando fui certo che non mancasse niente. Fissai il gigante che aveva mantenuto la sua posizione sul lato opposto della piattaforma.

"C'è qualcos'altro che stai cercando?" mi chiese.

Diede un'occhiata alla mia borsa. "N-no," risposi in modo esitante. "C'è tutto quello che dovrebbe esserci."

"Sono felice di saperlo."

Mi misi il sacco da viaggio in spalla e sbirciai il sentiero che mi avrebbe portato giù dalla montagna. Tuttavia, non mi mossi. Studiai l'essere incatenato che aveva ancora quel sorriso amichevole sul volto. Sembrava innocuo, se uno non considerava la sua taglia come minacciosa, ma ovviamente poteva essere solo una strategia per non apparire pericoloso. Quelle catene sembravano solide, ma non potevo esserne completamente sicuro. Mi leccai le labbra secche e mantenni la mia posizione.

Avevo moltissime domande. Chi era? Chi lo aveva incatenato in questo posto sperduto, e per quale motivo? Che cosa era...

"È una bellissima opera d'arte," disse il gigante, interrompendo i miei pensieri.

"Cosa?" dissi, preso alla sprovvista.

L'essere colossale indicò il mio sacco. "La statuetta. Chi l'ha creata?"

Tirai fuori il regalo e lo guardai. "Mio padre," dissi. "L'ha creata mio padre."

"Deve trattarsi di un abile artigiano," disse il gigante con fare pensoso. "Le opere più piccole sono le più complesse da realizzare. Le proporzioni sono difficili da mantenere e i dettagli diventano complicati." Chiuse gli occhi e inspirò profondamente. Mosse le mani in modo strano, come se stesse pizzicando qualcosa con le dita. "Ogni errore assume proporzioni catastrofiche quando si costruiscono oggetti in scala ridotta." Aprì gli occhi e guardò la statuetta come se la conversazione fosse stata tra loro due. "Chi è quella donna?"

Rimisi la statuetta nel sacco. "Era mia madre. Mio padre scolpì questa statuetta e me la diede come regalo. Voleva che avessi qualcosa che mi aiutasse a ricordarli."

"Ah," Il gigante fece un veloce cenno del capo. "Sei saggio a tenerti stretto quel dono, viaggiatore. Non si è mai veramente morti se si viene ricordati."

Mi schiarii la gola, meravigliandomi della conversazione che stavo avendo con quell'essere, chiedendomi ancora se andarmene fosse la cosa migliore da fare.

"Posso intuire dalla tua espressione che anche tu hai delle domande," disse il gigante, alzando una mano ed invitandomi a parlare. "Non aver paura. Chiedi pure."

"Sei uno scultore?" Le parole uscirono dalla mia bocca in fretta e furia. Era una domanda stupida; lo intuii nel momento in cui la pronunciai. Ma il mio interlocutore non sembrò pensarla in quel modo.

"Immagino di sì," disse. "Un tipo particolare di scultore,

si potrebbe dire." Si toccò la parte superiore dell'addome con aria assente. Solo allora mi ricordai che il giorno prima proprio lì avevo visto una ferita aperta. Sbattei le palpebre. Dov'era andata a finire?

"Ieri..." Mi interruppi bruscamente. Il peso del sacco stava cominciando a far dolere la mia gamba. Lo posai a terra e ripresi a parlare. "Ieri eri ferito. Avevi un taglio profondo sullo stomaco. Pensavo... pensavo che stessi morendo."

Il gigante annuì gravemente. "Sì." Studiò la sua pelle, ora liscia e senza sangue. "Non dubito che tu l'abbia pensato."

"Ma quella ferita è sparita... voglio dire, ora stai bene."

Il sorriso del gigante si fece amaro. Guardò il cielo, i suoi occhi in cerca di qualcosa. "Per ora," disse. Improvvisamente, la sua voce suonò molto tesa.

Aspettai che dicesse qualcos'altro, ma il tempo passò e il gigante continuò a guardare in alto, i suoi occhi rossi che scrutavano le nuvole come se si aspettasse di vedere qualcosa. Sembrava che si fosse completamente dimenticato di me.

"Chi sei?" gli chiesi.

Il gigante si girò bruscamente. Sbatté le palpebre, come se fosse sorpreso che fossi ancora lì. Mise le mani sui fianchi e disse, "Che cosa vedi quando mi guardi?"

"Vedo un gigante."

"Allora hai la tua risposta. Sono un gigante."

"La gente pensa che tu sia un demone."

"Davvero?"

"Sì," dissi. "C'è un villaggio a poche ore di distanza." Puntai la mano verso sud. "Gli abitanti affermano che le tue urla risalgono a diverse generazioni fa."

Il gigante inclinò la testa. "Hanno ragione. Sono qui da molto tempo."

Pensai ad un'altra domanda, qualcosa che potesse farmi scoprire di più su questo essere incredibile, ma tutto quello che mi venne in mente fu: "Come ti chiami?"

Il gigante non mi rispose immediatamente. Questa volta guardò verso ovest, verso l'orizzonte. I suoi occhi indugiarono lì per un minuto buono, poi tornò a guardare verso di me. "Sono conosciuto con molti nomi dai mortali e dagli dèi: Il Grande Ingannatore, il Preveggente, Colui che Riflette Prima, il Signore delle Ombre e il Portatore di Fuoco. Puoi sceglierne uno."

"Capisco." Improvvisamente mi resi conto che l'essere mi stava studiando con lo stesso misto di interesse e stupore che mostravo io nei suoi confronti. Questo mi sorprese. Sembrava che per lui fossi *io* la creatura affascinante in piedi su quella piattaforma.

Mi asciugai le mani sudate sulla tunica, feci del mio meglio per ignorare i suoi occhi fiammeggianti e chiesi: "Qual è il nome con il quale ti riferisci a te stesso?"

Il gigante piegò le braccia massicce davanti al petto. "Prometeo," rispose immediatamente. "Questo è il nome che mi fu dato alla nascita."

"Allora questo è il nome che userò per chiamarti."

"E tu come ti chiami, viaggiatore?"

"Zid, figlio di Xhoroast."

"Ah," il gigante sorrise. "Le Parche hanno uno strano senso dell'umorismo, non è vero?" Lo disse come se stesse parlando con un pubblico invisibile. "Zid significa *verità* nella lingua perduta di Assur."

Aggrottai la fronte, preso alla sprovvista dal commento. "Esatto. Come fai a saperlo?"

"Il potente dio Assur era un mio buon amico prima della sua scomparsa," disse Prometeo. "Era una delle mie divinità preferite. Amava sempre cantare, ridere e bere. Mi ricordava il sole che tramontava, riluttante a lasciare il posto alle tenebre."

Mi grattai la fronte e non feci nulla per nascondere la mia confusione. "Aspetta un momento. Stai dicendo che conoscevi il dio assiro del disco solare?"

"Di nome e di intenzioni," disse Prometeo con orgoglio. "Come solo un vero amico può vantarsi. Aveva diversi nomi; Assur era solo uno di questi."

Rimasi immobile a fissare Prometeo con la bocca aperta. Questo gigante stava dicendo di conoscere la divinità dell'Assiria, ormai poco più di una leggenda. "Dimmi. Qual è il tuo rapporto con Assur?"

"Eravamo coetanei, e molto spesso mi invitava nelle sue sale celestiali per condividere pane, miele e vino."

"E hai detto che è morto?"

"In un certo senso," disse Prometeo, annuendo gravemente. "Le persone hanno smesso di credere in lui, sostituendolo con nuove credenze, dando forza a queste ultime."

Sentivo la mia gamba pulsare. Strinsi i denti e feci del mio meglio per ignorare il dolore. "Anche tu sei un dio, Prometeo?"

Il gigante alzò un sopracciglio. Sembrò riflettere sulla domanda prima di rispondere: "sono un Titano."

"Un Titano," ripetei. "Non conosco questa parola."

"Sono il discendente di una razza di giganti che ha visto la nascita del mondo. Non ho mai pensato a me stesso come a una divinità, ma molti mi hanno chiamato in quel modo."

Col senno di poi, fu in quel momento che il semplice bisogno di saziare la mia curiosità si trasformò in qualcosa di completamente diverso. Non ero più solo curioso. Avevo *bisogno* di sapere perché questo gigante era stato incatenato a una montagna. E così glielo chiesi.

"Perché?" Prometeo ripeté la mia domanda, sembrando in qualche modo divertito. "Beh, le opinioni in merito differiscono. Se lo chiedi al mio carceriere, ti dirà che è perché sono un ribelle e un traditore."

"Di chi si tratta?" gli chiesi. "Chi è il tuo carceriere?"

"Il figlio reale di Crono," disse Prometeo, i suoi occhi divennero due fessure. "Zeus." Mi guardò. "Conosci quel nome?"

"Sì," risposi. Avevo sentito quel nome molte volte mentre viaggiavo in occidente. "È una divinità venerata dalla popolazione che si fa chiamare Elleni. Si riferiscono a lui come al Dio del Tuono."

Prometeo annuì. "Tra i molti altri nomi."

"Che cosa ha fatto scatenare la sua ira nei tuoi confronti?" Ora che avevo le mie prime risposte, cominciarono a emergere altre domande. La gamba mi faceva male, ma non volevo andarmene adesso. "Ti ha incatenato perché hai ucciso qualcuno?"

Il gigante scoppiò in una risata arida, che non aveva alcuna gioia. "Al contrario," disse. "Mi ha incatenato perché sono il responsabile di una creazione."

"Non capisco."

"È una lunga storia, Zid," disse Prometeo. Il sorriso evaporò dal suo volto. "Una storia che preferisco non raccontare."

"Dicono che le storie lunghe siano le più significative."

Prometeo mi guardò con un'espressione curiosa. "Chi lo dice?"

"Persone che hanno il tempo di ascoltare."

Questa volta il sorriso del gigante aveva in sé una traccia di allegria. "Dimmi," disse, "come sei riuscito a trovarmi?"

"Un nomade mi ha raccontato una storia mentre stavo

viaggiando in questa regione," gli spiegai. "Le persone in cui mi sono imbattuto nel mio viaggio ti chiamano il 'demone ombra'. Mi hanno parlato delle tue urla, e la storia mi ha incuriosito. Volevo scoprire se fossi reale."

"Perché?"

Scrollai le spalle. "Perché no?"

Prometeo mi studiò attentamente. "Zid," ripeté il mio nome come se la sua voce gli desse un nuovo significato. "Sembra che il tuo sia un destino curioso. Un uomo legato al significato del proprio nome; una cosa davvero rara. Hai ragione. Sono qui da molto tempo. Molte persone devono aver sentito le mie urla. Non dubito che avessero domande, ma nessuno di loro ha avuto la volontà di trovare una risposta."

Sgranai gli occhi a quell'affermazione. "Nessuno?"

"Tu sei il primo che ha sfidato la montagna e che mi ha trovato. So qual è il motivo. La verità è una gemma che pochi cercano, perché il suo splendore può accecare. La maggior parte degli uomini vivrà fino alla fine dei suoi giorni nella familiarità delle tenebre, anche se questo li tiene lontani dalle molte benedizioni della luce. La curiosità è un dono che non può essere dato. È preziosa come la statuetta che custodisci in quel sacco."

"Io non..." Una fitta mi mozzò il fiato. La gamba crollò sotto il peso del mio corpo, e mi ritrovai faccia a terra sul pavimento roccioso. Un dolore sordo cominciò a irradiare dalla mia vecchia ferita. Ero stato uno sciocco. Avevo ignorato i segnali del mio corpo per troppo tempo.

"Stai bene?" Prometeo mi offrì la sua mano. Con l'aiuto del gigante fui in grado di sedermi su una roccia. Aspettai che il dolore si affievolisse.

"Il tuo viso è diventato grigio come la montagna." La voce di Prometeo era preoccupata. "Che cosa ti affligge?"

"Non è niente," dissi a denti stretti. "Solo una vecchia cicatrice che mi dà fastidio di tanto in tanto."

"Vecchia cicatrice," ripeté Prometeo. "Capisco. Beh, dovresti tornare da dove sei venuto prima che la tua situazione peggiori."

"Sì," ammisi con riluttanza. Bevvi un sorso di vino speziato dal mio otre. "Credo che tu abbia ragione."

"Perché non scendi da questo lato?" Prometeo suggerì, indicando una depressione della piattaforma. "Qui ci sono più punti d'appoggio, e la discesa non è molto difficile. Puoi quasi camminare fino alla base della montagna, vedi?"

Guardai dove il Titano mi stava indicando. Aveva ragione. Quel versante sembrava molto più facile da percorrere che il punto che usavo per salire.

"Tornerò domani," gli dissi. "Ho molte altre domande."

"Le domande portano solo più domande," mi fece presente Prometeo. "Un cercatore di conoscenza come te avrebbe dovuto impararlo molto tempo fa."

"Nonostante ciò," insistetti, "tornerò domani."

"Non posso impedirti di venire a trovarmi. Ma se torni, fallo nel mattino, prima di mezzogiorno. Questa è l'unica condizione che pongo, ma è una condizione che mi aspetto che tu segua. Dammi la tua parola."

"Perché prima di mezzogiorno?"

Prometeo alzò una mano. "Questa è una domanda per un altro giorno, Zid. Dovresti cominciare ad avviarti prima che la tua gamba diventi inutile."

"Io non..." strinsi la mascella. Il Titano aveva ragione. "Molto bene. Hai la mia parola." Cominciai la mia discesa.

"Un'ultima cosa."

Mi fermai e guardai verso il gigante.

"Quando torni," disse Prometeo, "porta con te acqua e argilla."

"Cosa?!" dissi, perplesso. "Acqua e argilla? E per quale motivo?"

"Perché potrei essere in grado di fare qualcosa per quella tua vecchia cicatrice."

## 4

## UN MIRACOLO DI ARGILLA

Arrivai al villaggio trascinando la mia gamba malandata. Mi ci volle quasi il doppio del tempo che avevo impiegato per arrivare alla montagna.

Come sempre, sentii l'urlo di Prometeo a mezzogiorno. Ero ancora a un paio d'ore dal villaggio quando accadde, il sole era un occhio infuocato che soffocava la valle con una coperta di aria umida. La mia curiosità non fece che intensificarsi. Che cosa succedeva al Titano a mezzogiorno? Che cosa lo faceva gridare in quel modo? Le grida aleggiarono a lungo nell'aria prima di svanire in un silenzio sinistro.

Questa volta nessuno mi guardò quando mi avvicinai alla piazza del villaggio. La gente camminava facendosi gli affari propri, ignorandomi completamente. Era come se non esistessi. Se il giorno prima avevano mostrato un qualche interesse per la mia ricerca, quell'interesse era chiaramente scomparso.

Trascorsi la serata nella capanna che avevo affittato dall'anziano del villaggio, bevendo vino speziato e facendo del mio meglio per ignorare gli spasmi di dolore.

Quando la giornata si rinfrescò, uscii per comprare cibo

ed erbe. Il mercato era piccolo e poco fornito. Avevo bisogno di qualcosa per rendere il dolore sopportabile, ma non trovai nulla di quello che mi serviva, così dovetti arrangiarmi con rimedi improvvisati. Comprai erbe e radici del luogo che l'erborista del villaggio mi disse potevano essere bollite creando un rimedio per il dolore, e reperii anche alcune spezie per il mio vino. Come vivande le botteghe offrivano per lo più pane d'orzo stantio, carne secca e frutta troppo matura. Scambiai una piccola perla del Mar Ionio con una pagnotta di pane tonda, dura come la pietra, e un pezzo di formaggio giallognolo che puzzava quanto una vecchia capra. Mentre mi incamminavo verso la capanna trovai la bambina con i capelli chiari che lanciava avanzi a un cagnolino. La fanciulla teneva in mano un lungo bastone di legno e lo usava per picchiettare il terreno, come se stesse seguendo un ritmo.

"Che bel cane," dissi.

Il cane ringhiò, le sue orecchie premute contro la testa affusolata.

"Fai il bravo," disse la giovane, dandogli una pacca amichevole. "Non è una persona malvagia. È solo un po' matto." Mi indicò con il bastone. "Perché cammini in quel modo?"

Mi appoggiai a un muro vicino per dare sollievo alla gamba. "Ho avuto un incidente diversi anni fa," sospirai. "La mia gamba me lo ricorda ogni volta che può."

"Che cosa è successo?"

"Beh," strofinai le mani e sorrisi. "Ti va di ascoltare un'altra storia?"

"Perché no? Sei un raccontastorie decente."

"Decente?" Aggrottai la fronte. "Ragazzina, a sentirti sembra che abbia molta concorrenza." Mi guardai intorno. Un paio di maiali stavano grugnendo in una pozzanghera di acqua sporca, fango e letame. "Quanti raccontastorie ci sono da queste parti?"

"Non molti," ammise la bambina. "Ma io sogno storie molto interessanti, lo sai? Ho molta immaginazione. Comunque, mi fa piacere sentire quello che gli altri hanno da raccontare. Coraggio, ti ascolto."

Non potei fare a meno di sorridere del suo autocompiacimento. Decisi che quella giovane mi piaceva. "Bene," dissi, adocchiando i passanti mentre evocavo l'evento. "Diversi anni fa feci parte di una spedizione nella giungla a sud di Aryavarta. Stavamo cercando una tavoletta che alcuni dicevano che la dea della saggezza, Sarasvati in persona, avesse scritto. Purtroppo la spedizione prese una brutta piega. Un leone sbucò dal nulla e uccise metà dei miei compagni. La bestia mi azzannò la gamba mentre cercavo di cacciarla via."

"Posso vederla?" chiese la fanciulla. "La tua ferita?"

"Certo." Alzai la mia tunica e gliela mostrai. C'era una lunga e spessa porzione di tessuto rosa dove si era formata la cicatrice. Non era un bello spettacolo. "La bestia danneggiò il muscolo," dissi, indicando il tessuto rimarginato. "Ma sarebbe potuta andare molto peggio. Fortunatamente il guaritore della spedizione mi salvò la gamba."

"Davvero?"

"Sì. Mi ha ricucito la ferita e ha usato un unguento molto efficace per evitare infezioni."

"Buon per te! Dimmi." La giovane si avvicinò e ispezionò la mia cicatrice. "Ti fa male?"

"Non sempre. A volte sono a malapena consapevole del dolore."

La bambina annuì con fare pensoso. "Hai trovato la tavoletta che cercavi?"

"Sì. Beh, ne ho trovata una parte."

"Che cosa vuoi dire?"

"Io e gli altri membri della spedizione scoprimmo che la tavoletta era spezzata. La parte mancante non è mai stata recuperata."

"Che sfortuna! Cosa c'era scritto nella metà che avete trovato?"

"C'era scritta una storia sul segreto del vivere una vita felice."

"E quale era il segreto?"

Incrociai le braccia e sorrisi. "Purtroppo il segreto sarebbe stato svelato nella parte mancante."

"Oh. Devi essere rimasto davvero deluso."

"Non proprio. Sono convinto che la tavoletta che abbiamo trovato suggerisse quale fosse il segreto."

"E allora? Quale pensi che fosse il segreto?"

Fissai la gamba. "Credo che non ci fosse una seconda parte della tavoletta."

"Non capisco." La bambina accarezzò il cane, che stava addentando un osso. "Che vuoi dire che non c'era una seconda parte?"

"Credo che chiunque abbia messo lì quella storia non abbia lasciato conoscenza, ma un indovinello. E credo che la risposta dell'indovinello fosse ovvia: ci sono tante parti mancanti quante ci sono persone nel mondo."

Il cane abbaiò all'improvviso. Fece penzolare la lingua e leccò la mano della padrona.

La fanciulla mostrò un sorriso in cui mancavano parecchi denti. "Una bella storia," disse. "Secondo te ne è valsa la pena? Rischiare di perdere la gamba per quell'avventura?"

Guardai la mia cicatrice, ricordando il dolore che avevo provato quando il leone mi aveva assalito, e comparandolo con l'emozione di trovare la tavoletta. "Sì," le dissi. "Mi piace pensare che ne sia valsa la pena."

La bambina guardò con la fronte aggrottata il sudore che mi stava imperlando la fronte. Anche se ero appoggiato al muro, era sempre più difficile stare in piedi.

"Non hai un bell'aspetto," mi disse.

"Sto bene," risposi in fretta. "Ho solo bisogno di riposare." Sfiorai la mia cicatrice. La pelle bruciava.

La bambina mi offrì il suo bastone. "Prendi questo," mi disse. "Posso trovarne un altro per me."

Guardai il pezzo di legno. "Sei sicura?"

La bambina annuì.

"Beh, ti ringrazio." Presi il bastone e me lo rigirai tra le mani. Era liscio e robusto. "Ti devo un favore."

"Non mi devi niente. La storia mi è piaciuta, però ti sbagli."

La guardai, perplesso. "A proposito di cosa?"

"A proposito della tavoletta," mi disse. "Secondo me lo stai ancora cercando, il pezzo che manca."

La studiai in silenzio, non sapendo come rispondere a quell'affermazione.

"Ehi, faccia lunga!" disse rivolgendosi al cagnolino, battendo le mani per attirare la sua attenzione. "È ora di andare."

Il cane abbaiò ed entrambi scattarono via, rincorrendosi a vicenda.

Guardai la bambina e il cane sparire dietro uno degli edifici più ampi. Mi girai e tornai alla mia capanna.

Il bastone mi aiutò a distribuire meglio il peso, e una volta tornato nel mio riparo temporaneo preparai un infuso con le erbe e le radici che avevo comprato al mercato. L'infuso mi avrebbe aiutato ad accelerare la guarigione, ma sapevo che il rimedio migliore per il mio dolore sarebbe stato il riposo, così mi sdraiai e aspettai che il rimedio facesse effetto.

Quella notte dormii a malapena. Quando riuscii a chiudere gli occhi e a trovare un po' di riposo, i miei sogni vennero assediati da pensieri oscuri.

Ancora una volta la mia curiosità mi aveva portato dolore, ma in questo caso era diverso. Avevo scoperto molti misteri in passato, ma niente si avvicinava anche solo lontanamente a questo Titano che si faceva chiamare Prometeo. Avevo viaggiato nelle grotte perdute del Purat, vicino al fiume Buranun, e avevo trovato dei dipinti che si credeva avessero migliaia di anni, realizzati da uomini che condividevano la terra con mostri grandi come palazzi. Avevo visto il caldo giocare brutti scherzi alla mente dei viaggiatori che si avventuravano nel deserto egiziano, creando illusioni di forme e colori che nessuno riusciva a spiegare. Avevo sperimentato una dozzina di tipi di tempeste durante uno dei tanti viaggi che avevo affrontato per mare, e nel mezzo di queste traversate avevo visto Kraken emergere dal mare provocando onde talmente alte da poter inghiottire una nave. Mi ero trovato di fronte a draghi tozzi e senza ali su una delle isole della gente con gli occhi aguzzi della terra dove sorge il sole, e avevo affrontato un mostro con zanne lunghe quanto un uomo adulto nella regione umida lambita dal fiume Síndhu.

Ma mai in vita mia avevo parlato con un dio.

Mi ero abituato all'idea che più viaggiavo, più avrei visto il mondo come un luogo che non aveva nulla di nuovo da offrire.

Ma mi sbagliavo. Il mondo è una storia mutevole che offre colpi di scena inaspettati.

Il giorno dopo mi svegliai debole e intontito. L'infuso aveva attenuato il dolore, ma aveva anche reso la mia gamba rigida come un pezzo di marmo. Afferrai il bastone e lentamente uscii dalla capanna. Sospirai mentre fissavo il cielo.

Era già pomeriggio inoltrato, e il sole aveva da tempo superato lo zenit. Imprecai a denti stretti. Avevo perso l'occasione di parlare con Prometeo.

Guardai le vette, chiedendomi se il gigante mi stesse aspettando, desideroso quanto me di rivederlo, o se non gli importasse affatto.

Tornai nel mio rifugio, facendo del mio meglio per ignorare un pensiero che mi tormentava dal giorno prima.

*Ne è valsa la pena?*

Mi resi conto che la domanda della bambina aveva suscitato un'emozione acerba nel mio animo. Certo che ne era valsa la pena. Ero un esploratore, proprio come mio padre. Cercavo risposte alle domande dell'umanità.

*Tuo padre non era uno storpio*, disse una voce dentro di me. *Poteva correre come un cervo fino all'ultimo giorno della sua vita. Tu hai la metà dei suoi anni e riesci a malapena a stare in piedi.*

*Dovresti smettere.*

Strinsi la mascella talmente forte che la sentii schioccare. Tornai a letto e feci del mio meglio per ignorare il sapore di bile all'interno della mia bocca.

Mi ci vollero due giorni e due notti per riprendermi.

Andai al mercato ogni giorno, più per far passare il tempo che per necessità. Camminando tra le botteghe, trovai una donna anziana che vendeva vasellame. Guardai gli oggetti esposti: tazze, contenitori per il cibo e piatti, cose molto semplici che non mostravano alcuna abilità artigianale. Ricordai le parole di Prometeo, così mi avvicinai alla venditrice e le chiesi se avesse dell'argilla da vendere.

Mi rispose che ne aveva. Le offrii perle e monete, come

avevo fatto con la maggior parte degli altri abitanti del villaggio, ma lei scosse la testa e mi diede l'argilla senza chiedere nulla in cambio, un sorriso materno che arrotondava le sue guance generose.

"Tu sei un uomo coraggioso," disse con un accento molto forte. "Cerchi la verità nell'ombra." La donna guardò le persone che passavano accanto alla sua bottega e scosse la testa. "Gli altri uomini sono tutti codardi. Si nascondono nelle loro case, a testa bassa. Questo dono è per te. Che la fortuna ti prenda sottobraccio."

Avvolse la materia rossastra in foglie fresche e cerose e mise l'argilla nella mia sacca da viaggio. La ringraziai e continuai per la mia strada.

Avrei dovuto riposare almeno un altro giorno prima di ripartire, ma non potevo più sopportare l'attesa.

Lasciai il villaggio la mattina seguente, il bastone che mi aveva dato la fanciulla segnava con un colpo secco ogni passo che facevo.

Ero ansioso di raggiungere il dio incatenato, ma temevo che la gamba avrebbe ceduto ancora una volta.

Avevo mentito alla bambina quando mi aveva chiesto della ferita. Non stava affatto migliorando. Ogni viaggio la faceva peggiorare e avevo bisogno di più giorni per riprendermi.

Una parte di me sapeva che i miei giorni da viaggiatore erano contati. Forse era per quel motivo che mi sforzavo in quel modo. Volevo ottenere il massimo dagli anni della mia giovinezza. Il pensiero di essere costretto su un letto per il resto della vita mi spaventava a morte.

Misi da parte quei pensieri e continuai a camminare.

Arrivai a destinazione due ore prima di mezzogiorno. Trovai Prometeo seduto per terra a gambe incrociate.

"Ah, Zid," disse il Titano, gettando un'occhiata nella mia

direzione mentre spostava un grosso sasso rotondo, la sua espressione pensierosa. "Cominciavo a pensare che non ti avrei più visto."

Notai delle linee scolpite sulla porzione di pietra proprio di fronte al gigante. Pezzi di varie forme erano stati posizionati sui quadrati formati dalle intersezioni delle linee. Sembrava che il Titano stesse giocando a una specie di gioco.

Appoggiai la schiena su una roccia a forma di pilastro, la mano libera impegnata a massaggiare la gamba dolorante. "Necessità pressanti mi hanno trattenuto," dissi.

"Mhmm." Gli occhi del Titano si soffermarono sul mio bastone. "Si tratta della gamba?"

Lasciai che il silenzio fosse la risposta che non avrei voluto dargli.

Prometeo si spolverò le mani. Le catene tintinnarono mentre si alzava. "Hai portato quello che ti ho chiesto?"

Posai il bastone a terra e frugai nel sacco da viaggio. Tolsi l'argilla e la borraccia e le diedi entrambe al gigante.

Prometeo estrasse l'argilla dalle foglie e studiò il blocco di materia rossastra, girandoselo tra le mani. "Siediti qui," disse, indicando una roccia che assomigliava a un tronco d'albero.

Arrancai verso la roccia e mi sedetti.

"Scopri la gamba," ordinò Prometeo.

Quando tirai su la tunica, il Titano studiò la lunga cicatrice che si estendeva dal ginocchio alla coscia. Premette delicatamente il suo dito indice intorno all'area gonfia.

Feci una smorfia.

"Fa più male quando spingo o quando allento la pressione?"

"Quando spingi," strinsi i denti, incapace di trattenere una smorfia di dolore.

"Mhmm." Prometeo si grattò la testa. "Allora bisogna aggiungere."

"Aggiungere?" gli feci eco. "Aggiungere cosa?"

Il gigante non rispose. Versò dell'acqua sul pezzo di argilla e quando il materiale divenne malleabile cominciò a modellarlo, spingendolo e flettendolo con le dita. Una volta che ebbe plasmato l'argilla in una forma lunga e sottile, la premette sulla mia gamba, modellandola fino a coprire tutta la mia coscia. L'argilla era fresca a contatto con la pelle.

"Cosa stai facendo?" gli chiesi.

"Lo scopriremo tra qualche minuto."

Lo guardai allarmato, non contento di questa risposta. "Cosa vuoi dire?"

Prometeo sospirò. "È passato molto tempo da quando ho praticato l'*Arte*," disse, sottolineando la parola *arte* come se significasse qualcosa di speciale. "Dovrei anche aggiungere che queste catene indeboliscono la maggior parte dei miei poteri." Lanciò un'occhiata ai massicci anelli che lo imprigionava alla montagna. "Ciò significa che non sono sicuro di poter guarire la tua ferita."

Sbattei le palpebre. "Quindi è questo che stai facendo?"

"Beh," disse, accigliandosi. "Pensavo fosse abbastanza chiaro."

"E se non funziona?"

"In questo caso," disse, scrollando le spalle, "avremo sprecato un po' di argilla. Ora smetti di parlare. Ho bisogno di concentrarmi."

Prometeo sussurrò parole che non riuscivo a capire. In qualche modo, la sua voce mi fece venire sonno. Chiusi gli occhi e senza accorgermene mi appisolai.

"Fatto."

Sbadigliai e aprii le palpebre lentamente. L'argilla era sparita.

"Come... dove..." Continuai a balbettare, accorgendomi solo in quel momento che mi sentivo disorientato. Ero sicuro che la mia ferita fosse stata coperta dall'argilla pochi secondi prima, ma ora non c'era più niente.

"Alzati," disse Prometeo.

"Alzati?!" guardai il bastone poggiato a terra. "Se vuoi che mi alzi ho bisogno del bast..."

"Lascialo dov'è. Voglio che ti alzi da solo."

Non feci nulla per nascondere la mia preoccupazione. "Non sono sicuro che sia una buona idea," dissi. "Faceva molto male l'ultima volta che ho provato a metterci il peso sopra."

"Lo so," disse Prometeo. "Ti chiedo di fidarti di me."

"Io... beh, come preferisci." Mi spinsi in su lentamente. La coscia sembrava molto fredda, come se fosse stata sepolta nella neve.

"Non aiutarti solamente con la gamba sana," mi avvertì Prometeo. "Distribuisci il peso in modo uniforme."

Gemetti, ma feci come mi aveva chiesto il Titano. Solo allora mi resi conto che la cicatrice era scomparsa.

"La cicatrice!" esclamai mentre mi toccavo il ginocchio. "È sparita!"

"Sì, sì," disse Prometeo in modo distratto. "E il dolore? Che mi dici del dolore? Senti qualcosa?"

"No," dissi, e un sorriso spontaneo sbocciò sul mio viso. "Io non... non sento niente."

"Ora usa solo la gamba destra per stare in piedi," ordinò Prometeo.

Con molta attenzione, feci quello che mi aveva chiesto. Nessuno spasmo, nessun disagio di alcun tipo. Il dolore era sparito, come se non fosse mai esistito.

"Come hai fatto?" chiesi a Prometeo mentre camminavo su e giù per la piattaforma.

"Un buon scultore ricorda la creazione del suo capola-voro, e come sistemarlo quando il tempo o la malasorte lo rovinano," disse Prometeo. "Avevo ragione a temere che queste catene avessero indebolito i miei poteri. Ma per fortuna non hanno intaccato i miei talenti." Guardò le mani, sollievo che gli inondava il viso. "Quelle, almeno, sono rimaste."

Smisi di camminare. "Aspetta un attimo." Lo fissai, il mio respiro era accelerato. "Hai detto: 'la creazione del tuo capolavoro'?"

"Sì. È quello che ho detto."

"Vuoi dire che tu *mi* hai creato?"

"Non essere ridicolo." Il Titano ridacchiò. "Sono stati i tuoi genitori a crearti. Ma i tuoi antenati... beh, non sono certo spuntati dalla terra. Sono stati fatti con l'argilla."

Le braccia mi caddero sui fianchi. "Vuoi dire... stai dicendo che hai creato gli uomini?"

La lunga catena che lo legava alla roccia sferragliò quando Prometeo annuì. "Sì. È una parte della storia che finisce con me incatenato a questa montagna."

Mi aspettavo che aggiungesse dell'altro, ma Prometeo si limitò a fissarsi le mani, lasciando che il soffiare del vento riempisse il silenzio.

Camminai lentamente verso di lui, il mio desiderio di saperne di più cresceva a ogni passo. "Raccontami la tua storia," dissi. "Per favore."

Il Titano sembrava imbarazzato. "È una parte oscura del mio passato, Zid. Perché vuoi conoscerla?"

"Mi aiuterebbe a capirti meglio."

Prometeo mi guardò con un'espressione di sdegno. "Un cercatore della verità fino in fondo. Perché non dovresti desiderare di conoscerla, dopo tutto? Questo è tutto ciò che sono per te, non è vero? Un enigma che deve essere risolto, un mistero che non ha valore se non viene svelato. Nient'altro che un altro capitolo da aggiungere al libro delle tue avventure."

Il cambiamento di tono di Prometeo, improvvisamente così duro e minaccioso, accelerò i battiti del mio cuore. "No," borbottai, la mia voce roca e incerta. "Ascolta. Io... io non volevo affatto..."

Prometeo si avvicinò fino a quando le catene lo costrinsero a fermarsi. "Sai perché i segreti sono conservati in modo geloso dagli dèi e dagli uomini? È perché se ne vergognano, e non possono fare altro che nasconderli all'interno della loro anima. Ma c'è un prezzo da pagare. Tenendo così vicine le cose che nessun altro conosce, permettono a questi segreti di inquinare la loro anima. Io sono ostaggio di molti segreti, Zid, figlio di Xhoroast, alcuni di questi così pericolosi da poter distruggere il mondo. Conosco storie che se raccontate potrebbero far impazzire un uomo e ridurre il suo cuore in cenere. Ho visto il mondo cambiare e trasformarsi con la moneta del sangue. Mi stai chiedendo di svelarti un po' di quell'oscurità con la stessa indolenza con cui un contadino offre cicerchie ai maiali. Devi capire una cosa, cercatore della verità: a volte l'ignoranza è una benedizione."

"Mi dispiace," dissi, abbassando gli occhi, improvvisamente consapevole che il mio entusiasmo era sfociato nell'impertinenza. "Non avrei dovuto insistere. Sei stato gentile con me, e io ti ho ripagato con il mio egoistico bisogno di sapere." Raccolsi il sacco da viaggio e il bastone e feci per andarmene. "Grazie per avermi guarito. Non ti disturberò più." Cominciai a camminare verso la depressione che mi avrebbe condotto ai piedi della montagna.

"Aspetta." Prometeo si strofinò una mano sul collo. I suoi occhi avevano perso gran parte della loro luminosità. "Sono io che dovrei scusarmi." Protese la mano, come se volesse darmi una pacca sulla spalla, ma poi sembrò ripensarci e si tirò indietro. "È passato molto tempo da quando ho parlato con un mortale. Ho dimenticato tante cose di voi. C'è stato un tempo in cui apprezzavo la curiosità. Non solo, la ricompensavo. E guardami adesso. Spaventato dalla mia stessa ombra."

Cercai qualcosa di saggio da dire, ma non mi venne in mente nulla che mi sembrasse appropriato. Tutto quello a cui riuscii a pensare fu una storia, e la condivisi con Prometeo. "Capisco cosa intendi. Quando avevo dieci anni, ero solito avere incubi quasi tutte le notti. Sapevo che non dovevo disturbare il sonno dei miei genitori, perché entrambi lavoravano molto durante il giorno, e così passavo le notti a piangere nell'oscurità. Un giorno le mie grida svegliarono mia madre.

"Cosa sono queste lacrime, luce del mio cuore?" mi chiese, sedendosi accanto a me mentre mi accarezzava il volto.

"Madre, non riesco a dormire," risposi tra un singhiozzo e l'altro. "Se chiudo gli occhi, faccio incubi pieni di fantasmi."

Mia madre sorrise in modo rassicurante e mi asciugò le lacrime dalle guance. "Ti dirò un segreto," disse. "Qualcosa che ti aiuterà a dormire."

La guardai, aggrappandomi al suo braccio come se fosse l'ultimo appiglio che mi impediva di cadere da un precipizio. "Quale segreto, madre? Ti prego, dimmelo. Ho paura!"

Lei mi carezzò i capelli sudati e disse: "Ascoltami, gemma della mia anima: non c'è modo migliore di scacciare i fantasmi che ti tormentano se non smettere di scappare e fissarli dritti negli occhi."

Sorrisi al ricordo mentre i miei occhi tornavano su

Prometeo. "La notte successiva, quando mi sentii inseguito da un fantasma, mi ricordai delle parole di mia madre. Mi girai e guardai la mia peggiore paura. Sai che cosa mi trovai di fronte? Nient'altro che fumo."

Prometeo annuì con aria solenne. "Tua madre era una donna saggia. Hai ragione. Non c'è motivo di non rispondere alla tua domanda, se non la mia paura di risvegliare la mia stessa paura. È un circolo vizioso che deve essere infranto. Ti racconterò la storia." Prometeo guardò verso il Sole. "O almeno, una versione della storia. Ci resta ancora un po' di tempo."

Il Titano alzò entrambe le mani fino a quando le sue dita si trovarono a pochi centimetri dalla mia testa.

"Cosa stai facendo?" indietreggiai mentre guardavo con perplessità le sue mani.

"Le parole da sole non bastano," disse Prometeo in tono rassicurante. "Alcuni dei fatti che ti narrerò sono difficili da afferrare per la mente mortale. Sarà più facile per te se potrai vedere con i tuoi occhi. Non temere. Non ti farò del male."

Esitai, il mio corpo rigido. Studiai le mani del gigante, così grandi che avrebbero potuto spaccare una pietra in un attimo.

"Fidati di me, Zid," disse il Titano, la sua voce simile al tono di un amico che fa una promessa. "Sto solo cercando di darti la conoscenza che desideri nella forma più pura."

Deglutii, cercando negli occhi ardenti del gigante qualcosa che potesse convincermi a non accettare la proposta del Titano, ma non trovai altro che gentilezza. "Molto bene." Mi feci avanti, permettendogli di avvicinare le mani al mio volto. "Sono pronto."

"Bene." Prometeo chiuse gli occhi e inspirò profondamente. "Siediti e lascia che la mia voce ti faccia da guida. Il tuo prossimo viaggio sta per iniziare."

Questa volta tenni per me tutte le domande e mi sedetti sul terreno freddo, ascoltando senza interrompere mentre Prometeo iniziava a parlare.

## 5

## LA STIRPE DEL FUOCO

"La trasformazione è sempre stata l'anima del creato. L'umanità ha forgiato molti modi per raccontare la stessa storia, la storia della creazione del mondo. La maggior parte di questi racconti cerca di dare un senso a qualcosa che nessun mortale potrà mai veramente afferrare. Questo è il modo in cui tutto è iniziato: una scintilla di energia ai confini dell'eternità, legata a un frammento di materia, diede vita al tempo e allo spazio in una gloriosa danza di fuoco. Quello fu l'inizio da cui tutto il resto ebbe origine. Non sapremo mai il *perché*, ma solo il *come*."

Ero vagamente consapevole della voce di Prometeo mentre il Titano raccontava la storia. Il mio pensiero era una parte integrante di quello che mi circondava: buio e silenzio.

Poi accadde qualcosa, un avvenimento che posso solo descrivere come una stella che esplose nella vastità del nulla, scatenando l'espansione di onde che attraversarono lo spazio in un batter d'occhio. Aprii la bocca, la mia mente sopraffatta da una vista che nemmeno il mio sogno più selvaggio avrebbe mai potuto creare. La voce di Prometeo tornò, e io la seguii come una falena catturata dall'unica fonte di luce in un mondo inghiottito dalla notte.

"Il risultato fu una versione iniziale e confusa del cosmo che portò all'ascesa del Grande Signore Caos, il dio eterno che rese possibili tutte le altre divinità."

Vidi un essere privo di forma e di colore, definito solo dalla vastità e da un potere senza confini. Era come se una scintilla dello scontro iniziale tra materia ed energia avesse sviluppato un'identità e si stesse ora muovendo per conto proprio, generando versioni più piccole di sé stesso, dotate anche queste di un'acuta consapevolezza dell'universo.

"Dal Grande Signore Caos germogliarono gli dèi primordiali: Gaia, Tartaro, Eros, Erebo, Emera e Nyx, i creatori del mondo e degli inferi. Essi diedero equilibrio alla materia da cui era nato Caos; attribuirono nomi alle prime cose e stabilirono chiari confini alla creazione. Furono gli dèi primordiali a creare noi, i Titani, nati da Madre Gaia e da Padre Urano, divinità con poteri in grado di plasmare le stelle."

Prometeo si fermò, e vidi il buio lentamente sostituito da una luce pulsante. Veniva dappertutto e da nessuna parte e dava colori e forme al mondo interno. Era una versione primitiva della nostra casa, un vasto deserto punteggiato di tanto in tanto da montagne colossali, dove tempeste di fuoco e tuoni si susseguivano una dietro l'altra, sfigurando la terra. Ma le cose stavano per cambiare. Una forza silenziosa era al lavoro per cambiare il volto del mondo. Vidi montagne rase al suolo in un istante per fare spazio a valli e pianure; vidi dell'acqua che scorreva nei solchi della terra per formare i primi laghi e fiumi, e macchie di verde che spuntavano come fiori in un giardino ben curato.

Sentii la mano invisibile di Prometeo che dirigeva il mio sguardo più vicino alla terra, verso forme che si muovevano in quel paesaggio ancora giovane. Erano giganti, alcuni grandi come palazzi, i loro occhi dello stesso colore del sole. La loro somiglianza con Prometeo era impressionante. Mi resi conto che quelli erano gli architetti che stavano costruendo il nostro mondo dalle fondamenta. Erano loro che stavano preparando lo spazio per le forme di vita che presto avrebbero popolato cielo, terra e acqua.

"Io e i miei fratelli e sorelle modellammo la terra per renderla ospitale e prospera di vita." La voce di Prometeo risuonava da dentro e da fuori di me, come un narratore onnisciente che racconta la storia della creazione a uno dei suoi personaggi. "La stabilità venne mantenuta per qualche tempo, ma la trasformazione era destinata a ripetersi ancora una volta. Crono sfidò suo padre Urano, accusandolo di essere stato consumato da una brama di potere che lo aveva spinto a gettare i figli di Gaia nei profondi abissi del Tartaro."

All'improvviso, vidi un fulmine nero che squarciava un cielo rosso sangue. Una serie di terremoti scossero la terra mentre i due esseri colossali lottavano per il dominio del creato. Poi, al confine tra terra e cielo, apparve una luce accecante, seguita da un ruggito poderoso. Il cielo si frantumò in un milione di frammenti, i mari iniziarono a bollire. Seguì un profondo silenzio, poi il racconto di Prometeo riprese.

"Crono si mise a capo dei Titani per combattere contro suo padre e vinse la battaglia, castrando Urano con una falce di pietra, gettando nell'oceano i suoi genitali recisi. Con la caduta di Urano, il controllo del cosmo venne consegnato ai Titani. Crono e sua sorella Rea si impadronirono del trono e diventarono re e regina del mondo. Noi Titani chiamiamo quell'era l'Età dell'Oro, perché quel periodo non richiese regole o leggi; tutti si comportavano con onore e l'immoralità era un concetto inverosimile."

Prometeo stava dicendo la verità. Non vidi altro che bellezza e pace in un mondo che aveva ritrovato il suo equilibrio dopo la guerra tra Crono e Urano. I Titani erano molti, e si moltiplicavano rapidamente sia sulla terra che sul mare. L'intero cosmo divenne il loro dominio mentre assumevano il ruolo di pastori della creazione.

Sentii qualcosa che mi stringeva il petto, un fastidio che era originato dal mio stomaco. Quella sensazione mi sorprese, perché non avevo altro che stupore e meraviglia nel mio cuore. Mi ci volle un po' di tempo prima di capire che quella sensazione non era mia: apparteneva a Prometeo. In qualche modo, il legame che aveva creato tra noi mi permetteva di sentire anche quello che provava mentre raccontava la storia. Il Titano si sentiva sempre più a disagio, come se la parte seguente del racconto rivelasse quelle ombre che aveva paura di svelare.

"L'equilibrio non era destinato a durare." Prometeo disse queste parole come se fosse costretto, come una mucca trascinata fuori dalla stalla che intuisce il destino che l'attende nel mattatoio. "Col tempo Crono cambiò. Divenne sospettoso e diffidente nei confronti dei suoi stessi figli quando seppe che uno di loro lo avrebbe rovesciato, proprio come lui aveva rovesciato Urano. Così prese misure per garantire che il suo regno durasse."

Le immagini che Prometeo mi mise davanti erano strane, quasi incomprensibili. Vidi Crono strappare qualcosa dalla mano della sua sposa, per poi ingoiarla per intero. Aguzzai gli occhi per cercare di dare un senso a ciò che vedevo. Non riuscivo a capire che cosa stava...

"Divorò i suoi stessi figli." La voce di Prometeo era roca e tremante, rivelando il proprio disgusto e la propria vergogna. Sentii il mio cuore battere all'impazzata a causa dell'orrore che si materializzava davanti ai miei occhi, e un freddo improvviso mi raggelò l'anima.

"Crono divorò appena nati la dea Demetra, Era, Estia e gli dèi Poseidone e Ade per impedire che la profezia si realizzasse. Ma l'atto spudorato di Crono non era destinato a durare. Zeus, il più giovane dei suoi figli, sfuggì al padre. Col tempo, divenne forte e coraggioso e riuscì a liberare i suoi fratelli e sorelle dallo stomaco del Titano, dandogli un'erba speciale che gli fece rigurgitare tutti i suoi figli. In seguito Zeus guidò una nuova generazione di divinità che si fecero chiamare Olimpi. Insieme i nuovi dèi mossero guerra ai Titani."

Osservai nuovamente il mondo scosso da terremoti. Il cielo divenne fosco e l'aria era satura del rumore della battaglia. Vidi lo scontro tra i giganti e gli Olimpi svolgersi davanti a me, i nuovi dèi che combattevano i vecchi con fulmini, palle di fuoco e tempeste d'acqua, i Titani che rispondevano con terremoti, uragani e onde di energia oscura. Molti caddero da entrambe le parti, in una guerra che fece sembrare la precedente un battibecco tra bambini.

"La maggior parte dei Titani combatté al fianco di Crono," spiegò Prometeo mentre mi mostrava la razza di giganti che scagliava rocce e frammenti di energia oscura contro Zeus e i suoi alleati. "Ma alcuni di noi si unirono agli Olimpi. Mio fratello Epimeteo e io fummo tra questi."

Vidi uno scorcio di Prometeo ed Epimeteo fianco a fianco in mezzo a quella follia di forme in movimento. Entrambi erano armati con lunghe lance che terminavano con una punta di diamante e uno scudo dorato che poteva resistere alle gigantesche rocce di fuoco che cadevano dal cielo. La loro pelle era di un blu talmente brillante da sembrare una gemma lavorata, così luminosa da far male agli occhi.

I fratelli schivarono i colpi dei Titani, muovendosi rapidamente contro i loro stessi simili. Il modo in cui si muovevano sarebbe troppo difficile da descrivere. Facevano tutto all'unisono, come danzatori che ripetono dei passi ben conosciuti, come corpi che rispondono a una sola mente; uno colpiva, mentre l'altro si posizionava per proteggere entrambi con lo scudo. Erano una micidiale unità di guerra che diffondeva il caos tra i loro nemici.

"Dopo un decennio di guerra feroce e senza sosta, i Titani furono costretti a piegare le ginocchia." La voce di Prometeo accompagnava l'immagine di Zeus che trascinava una fila di Titani incatenati nei più profondi recessi della terra. "Alcuni furono gettati nelle regioni più oscure del Tartaro, condannati a rimanervi per l'eternità. Ma non tutti. Crono e alcuni Titani che si erano opposti più ferocemente a Zeus furono condannati dal re degli Olimpi a bere una pozione chiamata dystheos, creata da Nyx, la divinità primordiale della notte. La pozione spogliò i Titani di tutti i loro poteri, lasciando loro solo l'immortalità. Furono condannati a patire la fame e la stanchezza, come un comune mortale. Molti credono che sia una delle peggiori punizioni che un dio possa subire, la cosa più vicina alla morte che possiamo sperimentare."

Una nuova immagine mi apparve davanti. Il sole sorgeva su una terra distrutta, segnata da cicatrici, ma l'aria portava con sé la promessa del futuro. Un nuovo ordine stava per sorgere dalle ceneri della guerra.

"I Titani che si schierarono con Zeus furono risparmiati," disse Prometeo. "Ad alcuni di essi gli Olimpi diedero posti di prestigio nel nuovo ordine, io e mio fratello Epimeteo inclusi. Zeus ci affidò la creazione di una nuova generazione di esseri. Mio fratello fu incaricato di distribuire i doni degli dèi alle bestie che si muovevano sulla terra, nell'aria e nell'acqua. A me fu affidato il compito di creare i primi mortali. Mentre mio fratello distribuiva i doni, io modellavo i primi umani dall'argilla e vi plasmavo a immagine degli dèi. Usai tutte le mie capacità e i miei poteri per la vostra creazione, perché era stato predetto che voi sareste stati il mio più grande capolavoro. Vi dotai della ragione, un dono che solo gli dèi Primordiali, i Titani e gli Olimpi possedevano. All'inizio, Zeus guardò al mio lavoro con interesse. Sapeva che ero una delle menti più brillanti, ed era curioso di sapere che cosa sarebbe venuto fuori dalla mia officina. Purtroppo, quando mostrai il primo umano a Zeus, lo feci infuriare. Non gli piaceva il modo in cui la mia creazione lo guardava. Gli occhi dell'umano non erano rivolti al suolo; non c'era riverenza nella sua voce quando si rivolse a lui, nessuna paura. Si ergeva di fronte al più grande degli Olimpi come se fosse un suo pari."

La voce di Prometeo si affievolì fino a diventare un eco distante che riverberò un paio di volte prima di essere inghiottito dal silenzio. Per diverso tempo tutto quello che riuscii a vedere fu una fitta coltre di nebbia che avvolgeva il mondo intero. Sbattei gli occhi e mi guardai intorno, cercando una forma in mezzo a quel biancore. Eccolo lì! Un uomo, il primo essere umano mai creato. Ora potevo vederlo chiaramente. Era più alto di qualsiasi uomo che avessi mai visto; due metri, forse due metri e mezzo. I suoi lineamenti erano rozzi, quasi grotteschi. Il primo esemplare dell'umanità non aveva capelli, e il suo naso e le orecchie erano appena distinguibili dal resto della testa. Gli occhi, sempre in movimento e pieni di consapevolezza, erano le uniche cose che sembravano davvero umane.

Zeus si trovava di fronte al primo essere umano, gli occhi

azzurri del figlio di Crono si restrinsero mentre studiava il mortale, la fronte aggrottata in un profondo cipiglio.

"La mia creazione disgustò il re degli Olimpi," disse Prometeo, e potei percepire chiaramente la tensione nella sua voce. "Zeus fece irruzione nel mio laboratorio, distrusse i miei strumenti e s'impadronì dell'argilla che avevo usato per crearvi. Una volta che ebbe ridotto tutto in cenere, stabilì che gli umani dovevano essere servi degli dèi e si assicurò che aveste bisogno della loro protezione per sopravvivere. Da quel momento in poi, dovevate implorare la benedizione degli dèi per avere un riparo. Quando eravate affamati, dovevate pregarli per non morire di fame. Zeus degenerò la mia creazione, vi rese dipendenti dall'Olimpo così come i vermi sono dipendenti dal suolo per sopravvivere."

Prometeo mi mostrò un gruppo di persone che vivevano in una grotta. Camminavano nudi sul terreno accidentato, nutrendosi di radici e bacche e funghi selvatici. Un tuono rimbombò dall'esterno e gli uomini caddero in ginocchio, chiudendo gli occhi e alzando le braccia.

"Zeus vi trasformò in un altro divertimento per gli dèi." La voce di Prometeo divenne a malapena udibile, ma potevo percepire quanto odio ci fosse in ogni parola. "Vidi il modo in cui gli Olimpi vi trattavano e ogni giorno sentivo una parte di me morire, finché non decisi di fare qualcosa. Quando mi prefissai di crearvi, il mio scopo era stato uno solo: iniziare una nuova razza che avesse il potenziale di diventare divinità attraverso l'ingegno e la tecnica. Pensavo che questo nuovo dio, Zeus dominatore di tempeste, avrebbe avuto una mentalità aperta, ma vide il mio tentativo di crearvi come una bestemmia. Mi ero sbagliato su di lui. Era bigotto come suo padre. Fidarmi di lui era stato un errore che non avrei ripetuto.

"Avevo un piano per fare in modo che le cose venissero ribaltate e non temevo le conseguenze che avrebbe portato. Scalai il monte Olimpo e rubai il fuoco sacro dalla bottega del dio fabbro Efesto. Riportai la fiamma sulla terra e la donai all'umanità. Con quella fiamma, diedi agli uomini non solo il calore, ma anche tutte le possibilità che derivano dalla civiltà. Vi diedi il potere di sfruttare la natura a vostro vantaggio, di dominare la creazione piuttosto che essere dominati da essa. Vi diedi il potere degli dèi."

Le immagini che Prometeo mi mise davanti agli occhi erano semplici. Vidi la gente rintanata nella caverna strisciare fuori dal loro rifugio e accendere un fuoco. Si raccolsero intorno alla fiamma che illuminava volti sorridenti, carichi di speranza. Gli uomini cominciarono a parlare, a fare progetti, il futuro non era più un'ombra pronta a inghiottirli, ma uno scrigno pieno di possibilità.

"Le prime civiltà nacquero a partire da quel fuoco." Percepivo orgoglio nella voce del Titano; il modo in cui le sue parole echeggiavano mi ricordava un padre che guardava il suo primogenito muovere i primi passi. "Scienza, guerra e tecnica seguirono. Per un certo periodo fui felice. Vidi sorgere i primi insediamenti umani. Vidi i primi strumenti creati dall'umanità. Il modo in cui iniziaste a plasmare la natura secondo la vostra volontà era ingegnoso e inaspettato. Non avevate più bisogno di pregare gli dèi per il cibo, perché vi avventuravate fuori dai vostri rifugi e andavate a cacciare. Eravate ancora una razza giovane, incline a fallire molte volte, ma eravate anche veloci ad alzarvi, a provare qualcosa di nuovo e ad ampliare le vostre conoscenze a qualsiasi costo. Quella fiamma era tutto ciò di cui avevate bisogno per diventare padroni del vostro destino. Fu in questo modo che ebbe inizio la Stirpe del Fuoco."

Prometeo mi mostrò altre scene di vita quotidiana, così

tante che era difficile a volte distinguerne una dall'altra. Vidi un gruppo di cacciatori che inseguivano una bestia mostruosa con una pelliccia scura, armata di lunghi artigli e zanne; un mostro che aveva ucciso innumerevoli di loro prima del dono del Titano era diventato niente altro se non una preda che li avrebbe nutriti e vestiti. Vidi un incendio bruciare una foresta per fare spazio agli insediamenti umani. Vidi utensili fatti di pietra, legno e metallo. E tra una scena e l'altra di quella genesi, fulmini squarciavano il cielo e nuvole si ammassavano all'orizzonte. Avvertii la rabbia del re degli Olimpi mentre la Stirpe del Fuoco si moltiplicava, prosperava e trovava la sua strada nel mondo.

"La mia felicità non era destinata a durare a lungo." La voce del Titano infranse il silenzio e tutte le immagini si dissolsero nella stessa nebbia che aveva iniziato tutto. Prometeo era al centro di quel biancore, con gli occhi chiusi, la testa china. "Quando Zeus scoprì quello che avevo fatto, la sua rabbia annerì il cielo. Ma era troppo tardi. Non poteva riprendersi il fuoco sacro, né annullare ciò che avevo fatto. Il dono di una divinità non può essere tolto, nemmeno dal re degli dèi."

Prometeo alzò le sue mani massicce. La nebbia si disperse e potei vedere le familiari catene attorno ai suoi polsi. "Per la mia trasgressione, Zeus m'incatenò in questa regione desolata del Caucaso e mi lasciò qui a marcire. A volte percepisco i suoi occhi che mi guardano, che si crogiolano nella mia miseria."

Gli occhi di Prometeo si aprirono all'improvviso. Brillavano con la stessa forza di una fiamma. Alzò la testa e guardò il cielo con un'aria di sfida. "Lasciamo che guardi," disse, le sue parole foriere di rancore. "Rifarei tutto da capo."

## 6

## IL GIOCO DEI PERDENTI

Frammenti di roccia mossi dal vento proveniente da nord raschiarono il terreno senza vita. Una folata d'aria fredda mi avvolse, e tremai vistosamente.

Emersi dalla visione del passato come se fossi stato strappato via da un leggero strattone. Mi guardai intorno, sbattendo le palpebre. Ero ancora sulla piattaforma, ma mi trovavo in piedi. Quanto tempo era passato? A me parve un'eternità.

Trovai Prometeo davanti a me, le mani giunte dietro la schiena. Il Titano aveva smesso di parlare, i suoi occhi non fissavano nulla.

"Da quanto tempo sei qui?" gli chiesi, le mie parole gracchianti a causa della gola secca.

Gli occhi di Prometeo erano spenti, senza vita. "Fin dagli albori della civiltà. Non ho tenuto il conto degli anni. Non sono mai stato bravo a fissare la sabbia che scorre nella clessidra."

"E per quanto tempo Zeus ti terrà incatenato?"

La risposta di Prometeo fu tagliente quanto un rasoio. "Per l'eternità."

Quell'affermazione troncò di netto la nostra conversazione.

L'atto di mostrarmi la sua storia sembrava avere privato il Titano di tutte le sue energie.

Devo ammettere che anch'io ero assorto nei miei pensieri.

Quando il nomade mi aveva raccontato la storia del demone ombra, non mi sarei mai aspettato di trovare il creatore dell'umanità su quelle montagne. La storia di Prometeo si intrecciava con la storia della creazione stessa. Mi riempiva di umiltà e orgoglio al tempo stesso trovarmi lì, di fronte a questo gigante che aveva visto la creazione del mondo e che aveva dovuto pagare per averci dato un potere destinato solo agli dèi. In qualche modo, tuttavia, tutto questo mi sembrava anche sbagliato.

Spostai il mio peso da un piede all'altro, scoprendomi a disagio. Una strana sensazione mi colse all'improvviso. Mi sentii responsabile della punizione che Prometeo stava soffrendo a causa nostra.

"La tua storia mi ha commosso," gli dissi, guardando il gigante di sottecchi. "Mi dispiace per quello che ti è successo. C'è... c'è qualcosa che posso fare per te?"

Lo so che la mia offerta sembrava priva di senso, ma volevo davvero aiutare Prometeo. Non era solo perché mi aveva guarito. Dopo la sua storia, sentivo di conoscerlo meglio. Era come se la barriera invisibile che divide un mortale e una divinità fosse svanita.

Il Titano arricciò il lato della bocca in un sorriso. Pensavo di sapere cosa significasse la sua espressione: cosa poteva fare un misero mortale come me per aiutarlo?

"Perdonatemi," aggiunsi frettolosamente. "Ho peccato di presunzione. Non avrei dovuto dire una cosa del genere."

"Vuoi fare qualcosa per me?" Prometeo alzò le braccia.

"Ma l'hai già fatto. Sei stato il miglior pubblico che abbia mai avuto."

Lo guardai, scuotendo leggermente la testa. "Non capisco."

"Mi è sempre piaciuto raccontare storie," mi spiegò Prometeo, i suoi occhi guadagnarono nuovamente la luminosità che avevano perso quando aveva raccontato la storia. "Purtroppo, quando ero circondato da dèi, solitamente venivo interrotto, oppure venivo lasciato da solo perché li annoiavo. Devi sapere che la loro attenzione non dura a lungo, si distraggono facilmente. Solo mio fratello Epimeteo sopportava i miei racconti. Tu sei il primo, oltre a lui, ad ascoltarmi fino alla fine."

"Prometeo, mi hai ridato l'abilità di camminare," dissi, sbattendo le palpebre. "Non credo proprio che ascoltare una storia possa ripagarti di quello che hai fatto."

"Beh." Il Titano guardò verso la parte della piattaforma che era stata levigata e trasformata in un tavolo da gioco. Ora che vi prestavo più attenzione, potevo vedere che era una griglia di quadrati disposti in sei file di dieci, tutti scolpiti sul terreno. "Ho sempre voluto qualcuno con cui giocare. Sai, dopo un po' diventa frustrante essere battuto da me stesso."

"Si tratta di un gioco?"

"Esatto. Il meglio che sono riuscito a inventare nel mio lungo isolamento."

"Come si chiama?"

"Mhmm, come si chiama?" Prometeo si grattò il mento. "È una domanda interessante. Non ho mai pensato di dargli un nome."

"Va bene. Perché non inizi insegnandomi le regole?"

Prometeo mi invitò a sedermi di fronte a lui. Sembrava improvvisamente molto eccitato.

"Guarda," disse, indicando il tavolo da gioco. "Ogni pietra viene posta su uno di questi tasselli. Ci sono tre tipi di pietre: triangolari, quadrate e a forma di cerchio." Indicò ognuna delle pietre di forma diversa. Erano di due colori diversi: una serie era grigio chiara e l'altra nera. "Ogni pietra si muove nello stesso modo, ma ognuna ha un ruolo diverso. Il triangolo mangia il quadrato, il cerchio è mangiato dal quadrato e il cerchio mangia il triangolo. Ogni giocatore ha un turno a disposizione per muovere un pezzo. Le pietre possono essere mosse solo in diagonale. E questo è il modo in cui si impostano i pezzi."

Prometeo continuò a spiegare le regole. Il gioco era relativamente semplice da capire, ma non necessariamente facile da giocare. Si basava sul presupposto che un giocatore doveva rischiare molti dei suoi pezzi per conquistare la parte opposta della tavola, controllata dall'avversario. C'erano molte regole ed eccezioni che Prometeo mi spiegò pazientemente. Mentre muovevo i pezzi, il gioco inventato dal Titano mi ricordava un po' il Senet, un gioco molto diffuso in Egitto, anche se la tavola usata dal Titano era diversa e i pezzi potevano fare cose che le pedine nella versione egiziana non potevano fare.

Giocammo tre partite e le persi tutte quante. Ogni volta imparai un po' di più sulla strategia che stava dietro a questo passatempo, ma in realtà quello che mi invogliava a giocare era vedere il volto del Titano illuminarsi. Era come se un bambino avesse ricevuto un giocattolo nuovo di zecca e non riuscisse a smettere di mostrarlo al suo migliore amico.

"Mi piace il tuo stile," disse Prometeo mentre preparava la tavola da gioco per la quarta partita. "Sei imprevedibile, un po' come il vento."

"È un bene?"

"Direi di sì. Non avrei mai pensato che un mortale potesse giocare così bene."

"Lo prenderò come un complimento."

Dopo aver perso per la quarta volta, il mio sguardo indugiò sulle linee che formavano il gioco, e mi venne in mente qualcosa. "Cosa succede se pareggiamo?" gli chiesi. "Le regole rendono questo esito possibile."

Prometeo produsse un suono a metà strada tra un grugnito e una risata. "Se pareggiamo?" disse. "Beh, se pareggiamo perdiamo entrambi."

"Perché perdiamo entrambi?" Presi una delle pietre a forma di quadrato e la guardai. "Non potremmo invece vincere entrambi? Perché dobbiamo perdere?"

Prometeo scrollò le spalle. "Mi è sembrato che riflettesse di più l'ordine del mondo. Quando entrambi i contendenti non ottengono ciò che vogliono, io lo chiamo perdere. Esiste solo la vittoria o la sconfitta. Non c'è posto per una via di mezzo."

Giocammo un'altra partita, parlando tra una mossa e l'altra. Raccontai a Prometeo della vita semplice che conducevano gli abitanti del villaggio, e di quanto poco pensassero alle sue urla.

"Li invidio," disse il Titano, muovendo una pietra a forma di cerchio e mangiando uno dei miei triangoli.

"Li invidi?" ripetei, perplesso. "Perché mai?"

"Nessuno di loro è incatenato a una montagna, tanto per cominciare. Possono andare dove vogliono, e la loro vita non li rende bersagli di una punizione divina. Devo continuare?"

"No. Sei stato piuttosto chiaro."

Mossi uno dei miei pezzi mentre sbirciavo le catene che costringevano Prometeo su quella piattaforma. "C'è qualcosa che hai lasciato fuori dalla storia," dissi. "Cosa ti succede a mezzogiorno?"

Il volto di Prometeo si rabbuiò. Mosse una pietra, ma non rispose alla mia domanda.

"Sei tu a urlare," lo pressai. "Di questo sono sicuro."

"Sì," rispose il Titano. "Sono io."

"Ha qualcosa a che fare con la ferita che guarisce magicamente?"

"Credimi, non c'è niente di magico in quella guarigione. È solo una parte della mia punizione."

"La punizione di Zeus," dissi. "Ma non spiega perché sembri così spaventato dal..."

"Zid," il Titano trascinò le lettere del mio nome come se ognuna fosse fatta di piombo. "Basta così."

Tenni le dita sulla pietra che stavo per muovere. Il volto di Prometeo era una maschera che nascondeva le emozioni, ma potevo vedere la sua mano tremare leggermente. "È qualcosa di cui non voglio parlare." Mi guardò, i suoi occhi due fiamme minacciose. "Ho disperso abbastanza fantasmi per un giorno. Per questo ti ringrazio, ma non voglio tentare la fortuna. Non oggi. Sono stato chiaro?"

"Va bene," dissi. Qualcosa era cambiato all'interno del gigante, e sentivo la tensione nell'aria. *Segreti*, così li aveva chiamati Prometeo, cose che bruciavano dentro di lui. E questo segreto, in particolare, sembrava difficile da rivelare. "Perdonami," aggiunsi. "Non era mia intenzione forzarti la mano."

"Non c'è niente da perdonare." L'espressione di Prometeo si rilassò. "Sono felice della tua compagnia, Zid, e stai diventando bravo a questo gioco. Tocca a te." Mi fece segno di fare la mia mossa.

Giocammo in silenzio per qualche altro turno, poi il Titano indicò le linee scolpite nella roccia. "Ora che hai familiarizzato con questo gioco, come proponi di chiamarlo?"

"Vuoi che sia *io* a dargli un nome?"

"Perché no?" disse Prometeo. "Sorprendimi."

Guardai i pezzi sparsi sul terreno. Che tipo di nome potevo dare a un gioco del genere? Forse qualcosa che aveva a che fare con quei pezzi dalle forme strane? Magari qualcosa che richiamava il numero dei quadrati che formavano il tabellone? No, nessuna di quelle alternative sembrò appropriata.

Ci pensai sopra per qualche minuto, e qualcosa cominciò a germogliare nella mia mente. "Questa è la prima volta che mi cimento in un gioco i cui partecipanti possono entrambi perdere," dissi. "Penso che il nome 'gioco dei perdenti' sia il più appropriato."

"Gioco dei perdenti?" Prometeo aggrottò le sopracciglia. "Suona come un brutto presagio."

"Non ti piace?"

"Lo trovo particolare," ammise Prometeo. "Vedi, quando ero..."

Un rumore stridulo squarciò il silenzio della valle, ed entrambi ci girammo a guardare verso il cielo.

"Per le fiamme nere del Tartaro!" Prometeo sparse i pezzi del gioco nell'atto di alzarsi. "È mezzogiorno. Sono uno sciocco." Si voltò verso di me. "Devi andartene. Adesso!"

"Ma io..." Volevo restare, ma il gigante non aveva l'impressione di qualcuno disposto a discutere l'argomento, e io non avevo alcuna voglia di far infuriare un titano di quasi tre metri.

"Va bene. Come preferisci." Una volta che ebbi raccolto tutte le mie cose guardai la mia gamba, meravigliandomi ancora del miracolo che era avvenuto. "Voglio ringraziarti ancora una volta per..."

"Vattene," il gigante m'interruppe bruscamente. "Ora." I

suoi occhi scrutarono in alto come se il cielo stesse per cadere su di noi.

Abbandonai la spianata e inizia a scendere dalla montagna ma a un certo punto interruppi la mia discesa, rapito da una serie di rumori acuti provenienti dal nord. Gettai un'occhiata allo spiazzo.

Sapevo di aver promesso a Prometeo di andarmene, ma la mia curiosità ebbe la meglio, e aspettai di vedere che cosa sarebbe successo.

Dalla mia posizione potevo evitare di essere visto, ma allo stesso tempo riuscivo a osservare il Titano in piedi sulla piattaforma.

Il suono acuto che aveva allarmato Prometeo divenne un rumore penetrante, come un coltello che raschia su uno scudo di metallo. Un'ombra scese dal cielo e qualcosa di grosso atterrò sullo spiazzo con un tonfo. Mi sporsi per vedere meglio.

Un'aquila enorme, grande quanto un cavallo, stava sbattendo ali talmente grandi da gettare un'ombra sull'intero pianoro. Il suo piumaggio era incredibile come il resto del suo corpo, di un marrone che mi ricordava il bronzo.

Prima che potessi rendermi conto di ciò che stava accadendo, la bestia si lanciò contro Prometeo, e il Titano venne schiantato con forza sul fianco della montagna. Era successo tutto in pochi istanti. Prometeo non si ribellò; si limitò a urlare quando l'aquila gli squarciò lo stomaco con un becco grande come l'avambraccio di un uomo, i suoi artigli intrisi del sangue bianco del gigante. Le grida di Prometeo erano raccapriccianti mentre l'uccello mostruoso gli dilaniava il fegato. Mi misi una mano sulla bocca, incapace di fare altro se non guardare con orrore l'agonia del Titano.

Un frammento della sporgenza rocciosa a cui mi stavo aggrappando cadde con un tonfo, rotolando sul lato della montagna. La testa dell'aquila scattò verso di me, le narici che ispezionavano l'aria, gli occhi che mi cercavano. E furono quegli occhi a strappare l'ultimo residuo del mio coraggio. Avevano pupille verticali di colore nero circondate da un bulbo giallo-verde.

Mi vergogno ad ammetterlo, ma scappai via il più velocemente possibile quando vidi quegli occhi, lasciando l'aquila a banchettare con il fegato di Prometeo senza neppure voltarmi indietro.

Gli abitanti del villaggio avevano torto. Il demone non era incatenato alla montagna, ma veniva dal cielo, e aveva ali, piume e gli occhi agghiaccianti di un serpente velenoso.

## 7

# UNO SCAMBIO DI STORIE

Q uella notte, nel villaggio, mi mossi come un fantasma. La meravigliosa sensazione di avere la gamba risanata era stata completamente rovinata da ciò che avevo visto.

Finalmente sapevo qual era la natura della punizione di Prometeo: un'aquila dilaniava ogni giorno il fegato del Titano, e ogni giorno l'organo gli ricresceva, solo per essere mangiato nuovamente. Aveva sofferto centinaia, forse migliaia di anni di quell'agonia, e non sarebbe finita. Lo aspettava un'eternità di quel tormento.

Guardai la mia gamba, provando vergogna. Con un semplice gesto della mano il Titano aveva messo fine ad anni di tormenti e mi aveva restituito la mia mobilità. Per un viaggiatore come me, era un po' come se mi avesse ridato la vita. E come lo avevo ripagato? Scappando come un topo impaurito quando il Titano aveva bisogno di me.

Non avevo mai creduto nel destino. Mio padre mi aveva detto che ogni uomo crea la sua fortuna e che neanche gli dèi hanno voce in capitolo su ciò che una persona può diventare. Io avevo sempre creduto in quelle parole, erano state le fondamenta del modo in cui vivevo. Ma ora, pensando alla storia di Prometeo, non ne ero più così sicuro.

E se l'incontro con il nomade non fosse stato casuale? Se in qualche modo fossi stato destinato a trovare Prometeo e ad aiutarlo a riconquistare la sua libertà? E se lo scopo di tutti i miei viaggi era stato quello di prepararmi a questo momento?

Non sapevo come un semplice mortale potesse eliminare la punizione di Zeus, ma in quel momento qualcosa scattò dentro di me. Non avrei lasciato quelle montagne finché il Titano non fosse stato libero.

Fu allora, mentre camminavo tra i bassi edifici fatti di argilla e fango, pensando a cosa potevo fare per salvare Prometeo, che mi imbattei in un gruppo di cacciatori che trasportavano pellicce e selvaggina.

Erano tutti armati con lo stesso arco che avevo notato portare da altri cacciatori.

All'improvviso mi venne in mente un'idea. Alzai la mano per attirare l'attenzione di uno dei cacciatori.

"Buon uomo." Presi una delle mie gemme dalla sacca e gliela mostrai. "Che ne diresti di scambiare questa con il tuo arco?"

Il cacciatore fu più che felice di fare lo scambio.

Notai che alcune delle sue frecce erano dipinte di rosso. Gli chiesi il motivo. Mi spiegò che non si trattava di pittura, ma del veleno di un serpente dalla testa viola. Dopo qualche domanda, capii che era lo stesso serpente che aveva ucciso il mio cavallo prima che arrivassi al villaggio. Scambiai alcune di quelle frecce avvelenate con una delle mie vesti di seta, e poi avvolsi le punte in un vecchio pezzo di stoffa.

Studiai l'arco con attenzione. La corda era corta e robusta, molto difficile da piegare, ma una volta che la freccia veniva incoccata, aveva un raggio di azione molto lungo.

Nei miei numerosi viaggi avevo usato spesso un arco, soprattutto per cacciare, ma qualche volta anche per difendermi. Non ero di certo il miglior arciere del mondo, ma sapevo come scoccare una freccia per uccidere.

Il viaggio successivo verso la prigione di Prometeo richiese molto meno tempo, e mi trovai alla base della montagna quando mancavano ancora diverse ore a mezzogiorno.

Nascosi l'arma in una cavità della roccia e mi arrampicai fino a raggiungere la piattaforma.

Trovai Prometeo impegnato nel gioco che aveva inventato. Mantenni per molto tempo una certa distanza dal Titano, senza annunciargli la mia presenza. Rimasi in piedi sul bordo della piattaforma, immobile, guardando la schiena del gigante, cercando di decidere il modo migliore per dirgli quello che avevo visto.

"Zid," il gigante grugnì mentre muoveva un pezzo di pietra triangolare. "Non sei stanco di fissarmi la schiena? Cosa ti preoccupa?"

Mi avvicinai a lui. "Ieri ho visto l'aquila. Ho visto... ho visto cosa ti ha fatto."

Prometeo si raddrizzò e si voltò a guardarmi.

"Mi dispiace," gli dissi.

"Ti dispiace?" gli occhi rossi di Prometeo non battevano ciglio. "Per cosa? Per aver infranto la tua promessa? O ti dispiace per me?"

"Mi dispiace per entrambe le cose."

Prometeo tornò a guardare il tavolo da gioco e riprese a muovere i pezzi. "Almeno ora sai per quale motivo non è qualcosa che mi prema raccontare."

"Me lo immagino," gli dissi. "Come fai a sopportarlo?"

"Al meglio delle mie possibilità." Spinse una pietra in una casella adiacente, quindi fissò il tavolo da gioco con le braccia piegate sul petto. "Vuoi sapere una cosa strana? La parte peggiore non è quando arriva l'aquila. È l'attesa il momento più difficile da sopportare."

Iniziò a riposizionare i pezzi.

"Perché il fegato?" gli chiesi. "L'aquila non sembrava interessata a nient'altro quando ti ha attaccato."

Prometeo si toccò distrattamente lo stomaco. "Per noi Titani, il fegato è il centro della coscienza e la sede delle passioni. Ordinando all'aquila di mangiare il mio fegato, Zeus non solo mi provoca dolore, ma mi priva anche della scintilla di consapevolezza che mi rende ciò che sono. È un modo brutale ma ingegnoso per punirmi."

"Ed è per questo motivo che non volevi che ti vedessi dopo mezzogiorno?"

"Non c'è davvero nulla da vedere." Prometeo distolse lo sguardo, evitando i miei occhi. "Senza il mio fegato, sono poco più di un guscio senza vita. Non è uno spettacolo affascinante, credimi. Perché mi guardi così?"

"Ho preso una decisione," dissi con risolutezza. "Non lascerò questo posto finché non sarai libero."

Prometeo rise, una risata arida che ebbe vita breve. "Allora spero davvero che non ci sia nessuno ad aspettarti da dove vieni."

"Non sto scherzando," gli dissi piantando i piedi per terra. "Dico sul serio. Farò in modo di liberarti, o morirò provandoci."

"Apprezzo la tua risoluzione, Zid. È lodevole, davvero. Ma non posso certo aspettarmi che tu prenda la luna e me la dia come regalo, anche se l'hai giurato su tutto ciò che ti è caro."

"Quindi non pensi che possa liberarti?"

"Nessuno tranne Zeus può farlo."

Indicai le catene. "Hai mai provato a spezzarle?"

Il sorriso di Prometeo si ridusse a una linea orizzontale quando rispose. "Spezzarle? No, Zid. Le catene sono state create da Efesto in persona, il dio delle fucine e della metallurgia. Dubito che qualcosa possa romperle, tranne il dio della forgia in persona o Zeus."

"Vedremo." Mi avvicinai alle catene, poi mi guardai intorno e trovai una roccia grande quanto la mia testa. La sollevai con fatica e colpii la catena con tutte le mie forze. La roccia esplose in centinaia di frammenti non appena toccò il metallo.

Caddi sulla schiena, gemendo di dolore.

"Te l'ho detto," disse Prometeo. "È inutile. Ma grazie per averci provato."

Mi alzai, spolverando la mia tunica. "Ti aiuterò," ripetei ostinatamente. "Lo giuro."

"Vuoi aiutarmi? Allora siediti e gioca un po' con me."

Iniziai a camminare su e giù, adocchiando di tanto in tanto le catene.

"Zid?"

"Sto pensando!"

"Una partita o due potrebbero darti qualche idea."

Guardai il tavolo da gioco. "Preferirei fare qualcosa di *utile* per aiutarti."

"Giocare è utile," disse con serietà Prometeo. "Mi distrae dall'aquila."

Studiai il volto del Titano. Aveva ragione. Almeno quello era qualcosa che potevo fare per alleviare il suo dolore. Mi diressi verso di lui e mi sedetti a gambe incrociate.

Giocammo in silenzio per un po' di tempo, entrambi immersi nei nostri pensieri. La mia mente era solo vagamente consapevole di quello che stava succedendo nel gioco, ma ormai avevo fatto abbastanza partite da conoscere bene le regole. I miei movimenti erano più rapidi, e capivo meglio la strategia di Prometeo.

Persi due partite, ma la partita seguente successe qualcosa di diverso.

"Stai migliorando," disse il Titano con interesse. "Impari in fretta. Ora mi diverto a giocare con te."

Avvertii gli occhi del gigante scrutarmi con attenzione. Le mie mani si mossero rapidamente sul tavolo da gioco, la mia mente concentrata sulla prossima mossa.

Questa volta, mi resi conto molto prima rispetto alle altre partite che non potevo vincere. Ma forse potevo tentare qualcos'altro.

"Una mossa audace," commentò Prometeo, inarcando il sopracciglio mentre considerava la sua contromossa. "Ma non ti porterà lontano."

Eliminò una delle mie pietre rettangolari con il sorriso di qualcuno che aveva capito la mia strategia. Ma non questa volta. Feci la mia mossa e guardai lo stupore manifestarsi sul volto del Titano.

"È un pareggio," disse Prometeo. Sembrava contento. "La prima volta che riesci a fare una cosa del genere. Ben fatto! Abbiamo perso entrambi." Tolse i pezzi restanti dal pavimento e li divise in due gruppi. "Ora che ci penso, c'è qualcos'altro che puoi fare per me, Zid."

"Di che si tratta?"

"Puoi raccontarmi le tue storie."

Lo guardai, confusione dipinta sul mio volto. "Le mie storie?"

Prometeo iniziò a rimettere i pezzi sui riquadri. "Ho parlato a lungo," mi disse, soppesando ogni parola, "eppure tu non hai mai condiviso le tue storie. Sei un viaggiatore, Zid. Sono sicuro che c'è qualcosa di interessante che puoi raccontarmi, qualcosa che potrebbe aiutarmi a tenere la mente lontana dal mio fardello."

"Ehm... Beh, sì," dissi forzatamente. "Posso raccontarti delle storie, ma tu hai visto la creazione del mondo. Voglio dire, dubito che qualsiasi cosa possa rivaleggiare con *quello*."

"Ah, Zid. Non capisci? Forse non voglio una storia mozzafiato," disse Prometeo, scuotendo la testa. "Ci hai mai pensato? Forse, dopo tanti anni incatenato a questa montagna, mi accontenterei di sentire che tipo di cibo mangia la gente del tuo paese quando festeggia un matrimonio. Forse mi basterebbe sapere quali fiori crescono nella terra della Luna Crescente, e se le donne mescolano ancora miele, spezie e piante secche per conquistare l'amore di giovani uomini. Cose semplici, capisci? Sei in grado di fare una cosa del genere, Zid? Puoi raccontarmi una storia che non contiene né dèi, né mostri?"

Per la prima volta da quando avevo incontrato Prometeo non vidi un gigante, ma un prigioniero. Studiai le linee profonde sotto i suoi occhi, le sue spalle piegate in avanti, il modo in cui si sfiorava lo stomaco, come per assicurarsi che il suo fegato fosse ancora lì. Vidi *qualcuno*, piuttosto che una divinità, un povero essere che era stato torturato per generazioni, qualcuno che doveva soffrire il dolore e la solitudine in silenzio. Era un dio portato sull'orlo della disperazione, che combatteva la follia con un semplice gioco di pietre.

"Sì," gli dissi dopo un tempo che sembrò oltraggiosamente lungo, la mia voce tremante. "Posso farlo."

Iniziai a parlare. All'inizio le mie parole suonarono deboli ed esitanti. Ma più parlavo, più mi sentivo sicuro. Dopotutto ero sempre stato io il primo a parlare intorno al fuoco se c'erano orecchie disposte ad ascoltarmi.

Raccontai a Prometeo i tre modi in cui una suora Sama-
rhin può suonare il flauto unthori: uno per catturare gli
uccelli, uno per far dormire le persone e uno per scacciare
ogni preoccupazione. Gli parlai del dono d'oro e d'argento
che gli amanti in Egitto si scambiano prima del matrimonio,
per suggellare la loro promessa d'amore. Gli raccontai del
modo in cui i druidi nella foresta di Jassan aiutano le donne
incinte dando loro erbe magiche che raccolgono nella parte
più profonda del bosco, cantando il potere della foresta
all'interno dei loro rimedi. Gli dissi di come i nomadi dalla
pelle scura della Terra Rossa custodiscono la loro acqua
come se si trattasse di uno scrigno pieno di gemme. Gli dissi
alcune delle cose più mondane che sapevo, e osservai la sua
reazione.

Prometeo ascoltò a occhi chiusi, come se riuscisse a
vedere le mie storie, come se potesse renderle reali con il
potere della sua immaginazione. Quando lo riaprì, la
tensione aveva abbandonato il suo volto.

"Sei un meraviglioso narratore, Zid," disse. "Mi hai
permesso di vedere un mondo che mi è stato nascosto.
Visto? Non c'era bisogno che rompessi le mie catene. Mi hai
liberato, seppur per un breve momento. È più di quanto
chiunque abbia mai fatto. Per favore, raccontami di più.
Parlami della tua famiglia."

Annuii, non più timoroso che le mie parole non contas-
sero nulla. "Come desideri."

Gli raccontai del giorno in cui i miei genitori si scambiarono la loro promessa di matrimonio in segreto, poiché
nessuno dei loro genitori voleva che si sposassero. Gli
raccontai di come scapparono via e di come trovarono
l'amore ovunque volessero.

Gli raccontai di tutte le corti, le città e i villaggi sperduti
in cui abitammo, di come i viaggi di mio padre mi avessero

ispirato a esplorare il mondo. Gli raccontai di come mia madre mi insegnò a cantare e a essere coraggioso. Gli raccontai della sua morte, quando venne colpita da una febbre che la consumò lentamente, come combatté la malattia fino a quando non rimase nulla di lei se non cenere, fumo e i miei ricordi. Gli raccontai di come seppellii mio padre senza versare una sola lacrima, perché aveva vissuto nel modo che aveva desiderato.

Prometeo ascoltò in silenzio, annuendo di tanto in tanto, accogliendo ogni parola con un sorriso che esprimeva gratitudine.

"Ora parlami della tua famiglia," gli chiesi quando il mio racconto fu terminato.

"La mia famiglia?" Il sorriso del Titano svanì. "Temo che ci sia meno affetto nella memoria del mio sangue."

"Nessuna famiglia è perfetta."

"Immagino questo sia un modo di porre la faccenda." Prometeo espirò lentamente. "Molto bene. La mia famiglia. Da dove cominciare?"

Prometeo mi parlò del suo severo padre Giapeto, il Titano chiamato Perforatore, che tenne Urano saldamente al suo posto mentre il fratello Crono lo castrava con una falce. Mi parlò della ninfa Asia, sua madre, che non si era presa mai cura dei suoi figli; l'unica faccenda nella quale eccelleva era architettare complotti contro le Oceanine, sue sorelle, per rendersi gradita al padre Oceano.

Prometeo sembrò non essere vicino neppure ai suoi fratelli.

"Atlante era guerrafondaio e arrogante," disse, "e severo quanto mio padre. Fu tra i Titani che combatterono più duramente contro Zeus. L'altro mio fratello, Menezio, era altero e pieno di odio, e due volte più violento di Atlante. I miei unici ricordi positivi sono quelli con mio fratello minore Epimeteo." Le labbra di Prometeo si piegarono in un sorriso, come se il semplice suono del nome lo rendesse felice. "Eravamo simili sotto molti aspetti e ci prendevamo cura l'uno dell'altro. Come hai potuto vedere dai miei ricordi, si schierò con gli Olimpi quando iniziò la battaglia tra gli dèi e i Titani. Gli volevo bene. Aveva un vero talento quando si trattava di cambiare la sua apparenza e mi faceva sempre ridere quando si trasformava in una creatura stranissima, come una scimmia con la testa di capra o un asino con le zampe di polpo. Atlante e Menezio lo credevano un idiota, mio padre lo considerava un buffone, e mia madre non perdeva occasione di sminuirlo con epiteti di essere un fallimento. Forse non aveva la mente più eccezionale del creato, ma era gentile, e il suo cuore era nel posto giusto. Quando gli fu affidato il compito di distribuire i doni a tutte le creature, si scordò degli umani. Era molto dispiaciuto di questa sua dimenticanza. Provò vergogna. Venne da me in cerca di aiuto. Epimeteo era deciso ad aiutare voi mortali, ma non sapeva come."

"Ed è per questo che hai rubato il fuoco?"

Prometeo fece un cenno di assenso.

"Cosa gli è successo?"

"È scomparso," rispose. "Molti sono convinti che ingerì il dystheos, altri narrano che abbia trovato un modo di uccidersi. Queste stesse voci sostengono che fu la vergogna a muovere la sua mano, la vergogna per i numerosi fallimenti: primo fra tutti sposare Pandora, e lasciare che diffondesse malattie, morte, e ogni altro male nel modo." Il Titano guardò verso ovest, gli occhi persi nell'orizzonte. "Mi mancano le sue sciocchezze e la sua bontà d'intenti. Era l'unico Titano con un cuore che abbia mai conosciuto."

Continuammo a parlare fino a quando il sole scalò lentamente la vetta del cielo.

Era il momento che stavo aspettando.

Mi alzai, mi spolverai la tunica e mi congedai. Per la prima volta ero ansioso di andarmene.

Avevo un'aquila da uccidere.

## 8

# LE FRECCE DEL DESTINO

Aspettai che l'aquila arrivasse, sbirciando da un rifugio sicuro a metà strada tra il punto in cui si trovava Prometeo e la base della montagna. Da lì riuscivo a vedere l'intero spiazzo.

Sentii l'urlo stridulo che avevo imparato ad associare all'arrivo del mostro, e pochi secondi dopo l'ombra cadde dal cielo. Era grande e terribile, e per qualche battito di cuore tutto ciò che percepii fu il mio ansimare. Poi ricordai il motivo per cui mi trovavo lì. Mentre l'aquila assaliva Prometeo, afferrai la freccia dipinta di rosso tra il pollice e l'indice della mia mano destra mentre la sinistra impugnava l'arco.

La freccia sibilò come un serpente dalla velocità demoniaca, e poi... Il colpo rimbalzò sul petto del rapace e precipitò in una spirale fino a sparire oltre le rocce.

In qualche modo dovevo aver colpito una roccia vicina, mancando il mostro di qualche centimetro.

La bestia squarciò l'aria con un verso lacerante. Inarcò il corpo all'indietro e spalancò gli occhi da rettile.

Scoccai rapidamente una seconda freccia, ma anche

questa rimbalzò contro il corpo del mostro con un suono metallico.

"Impossibile." Fissai il piumaggio bruno-rossastro dell'animale. Mi accorsi per la prima volta che luccicava tenuemente sotto il sole, e alla fine capii: quelle piume non *sembravano* semplicemente di bronzo. *Erano* di bronzo.

L'uccello fece scattare la testa, gli occhi guardarono verso la mia direzione. Mi appiattii contro il fianco della montagna per nascondermi meglio, ma era troppo tardi. Ero stato visto.

La creatura sbatté le sue ali gigantesche e una folata di vento mi colpì con una tale forza che mi fece boccheggiare. L'arco mi scivolò dalla mano, rimbalzò a terra e si perse nel baratro.

L'aquila sbatté nuovamente le ali, facendomi cozzare la testa contro una sporgenza della roccia. Persi l'equilibrio e caddi, cercando disperatamente di afferrare qualcosa per evitare di fare la fine del mio arco mentre le folate d'aria dell'aquila continuavano a spingermi via dal mio precario nascondiglio. Il mondo divenne un turbine di forme mentre cercavo disperatamente di trovare qualcosa a cui aggrapparmi. Le mie mani strusciarono contro una sporgenza e l'afferrai con tutte le mie forze.

Scossi la testa per cercare di schiarirla e guardai in alto. Le narici dell'aquila si allargarono, i suoi occhi erano fissi su di me. Flesse le zampe e si preparò a prendere il volto per finirmi.

Sentii un grido rieccheggiare per tutta la valle e scorsi Prometeo lanciarsi contro il mostro alato. Il Titano diede un poderoso pugno al collo dell'uccello, e la bestia indietreggiò, emettendo un suono stridente.

Prometeo arrancò in avanti, una mano premuta sullo stomaco sanguinante. Lo vidi guardare febbrilmente in giù finché i nostri sguardi non s'incontrarono. "Scappa!" urlò. "Adesso!"

Il Titano si voltò di scatto e afferrò un'ala dell'uccello, tirando la bestia verso di sé. I muscoli erano tesi nello sforzo di tenere a bada l'aquila ma potevo vedere che le catene gli impedivano di muoversi liberamente.

Riuscii a malapena a tirarmi su. "Prometeo," sussurrai. Mi girava la testa e sentii il sapore del sangue in bocca. Alzai lo sguardo giusto in tempo per vedere nuovamente comparire il Titano, questa volta coperto di sangue. L'aquila si era liberata dalla presa del gigante e lo aveva mandato a schiantarsi a terra.

"No," mormorai, afferrando un'altra sporgenza per evitare di cadere. "Prometeo!"

Questa volta l'aquila non si fermò al fegato. Era furiosa. Attaccò la testa del Titano e infranse la parte sinistra del cranio con il suo becco affilato. Un getto di sangue schizzò dalla testa del gigante. Il mostro continuò a dilaniare, strappare e spezzare, lacerando pezzo dopo pezzo il corpo di Prometeo.

Dopo quello che mi parve un migliaio di anni, il bagno di sangue cessò. L'aquila si guardò attorno, ma sembrava essersi dimenticata di me. Piegò le zampe e volò via. La vetta si fece silenziosa.

La mia vista era offuscata, e il corpo mi doleva dappertutto. Avevo sforzato tutti i miei muscoli nel tentativo di non cadere. Non m'importava niente. Cominciai ad arrampicarmi con sforzo, e metro dopo metro riuscii a raggiungere lo spiazzo.

Quando vidi il Titano disteso a terra, il respiro mi si mozzò. C'era talmente tanto sangue lì attorno. Trattenni il fiato quando mi resi conto che i suoi occhi erano aperti, il suo respiro un suono lento e raspante.

"Prometeo?" lo chiamai, cadendo in ginocchio accanto a lui. "Riesci a sentirmi?"

Il Titano non rispose. I suoi occhi erano aperti, ma avevano perso tutta la loro luminosità. Sembravano le braci ormai fredde di un focolare lasciato a morire. Continuava a guardare avanti, come una bambola senza vita, ignaro della mia presenza.

"Ti prego, figlio di Giapeto. Rispondimi." Gli mossi la testa con delicatezza, in modo che i suoi occhi potessero incontrare i miei.

Una striscia di saliva scese dalla sua bocca.

All'improvviso, mi tornarono in mente le sue parole. *Per noi titani, il fegato è il centro della coscienza e la sede delle passioni. Ordinando all'aquila di mangiare il mio fegato, Zeus non solo mi provoca dolore, ma mi priva anche della scintilla di consapevolezza che mi rende ciò che sono.*

Deglutii a fatica. Ma certo. La scintilla di vita di Prometeo, la sua ingegnosità, la sua curiosità e la sua mente brillante: era tutto sparito. Finalmente capii perché Prometeo non voleva che lo vedessi ridotto in quello stato. Aveva ragione, stavo guardando un guscio vuoto che non aveva niente a che fare con il gigante gentile e vivace che conoscevo.

Quella era la vera punizione di Zeus. Senza dubbio, per il dio dell'Olimpo quella crudeltà doveva essere una sorta di giustizia poetica. Come Prometeo aveva dato all'umanità la coscienza grazie al dono del fuoco, ora Zeus gliela stava togliendo come ricordo imperituro del suo crimine.

"Mi dispiace tanto," mormorai, lacrime agli occhi. Gli rimasi a fianco più a lungo possibile prima che un'ondata di stanchezza mi avvolse, facendomi perdere i sensi.

## 9

## LA FORMA DELLA SAGGEZZA

Q uando mi svegliai, la notte si stava ritirando per fare posto al mattino. Ero dolorosamente consapevole del mio mal di testa, ma a parte quello e qualche graffio sulle braccia, stavo bene.

Prometeo era ancora seduto nella stessa posizione in cui l'avevo lasciato, ma gli occhi sembravano aver riacquistato il loro familiare splendore. Studiai il suo corpo; l'addome e il torace erano ancora lacerati, ma tutte le ferite avevano smesso di sanguinare e la maggior parte dei tagli più piccoli erano guariti.

"Prometeo," dissi in modo esitante, temendo che potesse essere ancora prostrato. "Sei..."

"Avrei preferito che non facessi una cosa così stupida." Le parole del gigante erano taglienti come una lama di ghiaccio. Dopo la notte passata a guardare il suo volto senza vita, non ero preparato ad affrontare l'asprezza con cui mi stava guardando.

"Mi dispiace," dissi, distogliendo lo sguardo. "Hai tutto il diritto di essere arrabbiato con me, ma devi capire che stavo solo cercando di aiutarti e..."

"E guarda che cosa è successo."

Non dissi altro. Non riuscii a pensare a null'altro per discolparmi, o per giustificare le mie azioni. Ero stato talmente sicuro di poter uccidere l'aquila e di liberare Prometeo, e invece tutto quello che ero riuscito a dargli era più dolore.

Prometeo lanciò un sasso a terra. Era uno dei pezzi rotondi che usavamo nel gioco dei perdenti. Con lo sguardo seguii la pietra rotolare verso il limite della piattaforma e scomparire dalla vista.

I miei occhi indugiarono sulla tavola da gioco, e mi resi conto che era in frantumi. Doveva essere successo durante la battaglia.

Il silenzio si protrasse fino a diventare sgradevole. Quando divenne quasi insopportabile, feci per dire qualcosa, ma Prometeo fu più veloce.

"Ti proibisco di tornare," disse, la sua voce piatta, priva di qualsiasi emozione. "Non voglio più vederti."

"Mi dispiace per quello che ho fatto." La mia risposta fu talmente veloce che sembrò una supplica. "Ma ti ho fatto una promessa. Non..."

"Hai sentito quello che ho detto. Non devi tornare. Se lo farai, la mia ira cadrà su di te."

"Ti prego, ascolta." Poggiai entrambe le mani sul petto. "Non era mia intenzione..."

"Mortale." Prometeo si spinse in piedi con sforzo, nei suoi occhi il rosso accecante della rabbia. "Sono stato gentile con te, ma non hai idea di che cosa sono capace di fare, anche se incatenato a questa roccia."

Aprii la bocca, ma non uscì nulla.

"Così come ti ho guarito, allo stesso modo ti posso annientare." La voce di Prometeo si era fatta bassa e minacciosa. Indicò la mia gamba con sprezzo. "Non devo fare altro che dire qualche parola e il tuo corpo comincerà a sgretolarsi. Capisci quello sto dicendo? Giura che non verrai più a trovarmi. Giuralo."

Lo guardai negli occhi, sentendo il mio volto accalorarsi. "No," gli dissi, sorpreso di quanto la mia voce suonasse sicura.

Prometeo serrò la mascella. "Non te lo chiederò un'altra volta."

"Hai tutte le ragioni per essere arrabbiato con me," gli dissi, il battito del cuore che rimbombava nelle orecchie. "Se devo morire per fare ammenda, così sia." Allargai le braccia per esporre il petto. "Fa' quello che devi, Portatore del Fuoco. Rimango fedele alla mia promessa. Ti vedrò liberato, o morirò provandoci."

Tenni gli occhi chiusi e mi preparai a ricevere il colpo. Aspettai che succedesse qualcosa, qualsiasi cosa, ma l'unica cosa che mi colpì fu il vento gelido che flagellava la montagna.

Sentii il sospiro rassegnato di Prometeo. Aprii gli occhi appena in tempo per vedere il Titano sprofondare a terra. Appoggiò la testa contro la roccia con un gemito.

"Sei più testardo di un mulo, Zid." Lanciò un'occhiata al mio sacco da viaggio. "Hai qualcosa di più forte dell'acqua lì dentro?"

Guardai la mia borsa, confuso. "Ho del vino speziato," dissi lentamente.

"Andrà bene."

Gli passai il vino, e il gigante ne tranguiò un lungo sorso. "È buono," disse, studiando l'otre.

"Davvero?" Aggrottai la fronte. "È un vino economico

che gli abitanti del villaggio comprano dai nomadi, gente che sa più di latte che d'uva."

Prometeo rise alla mia battuta. Bevve un altro sorso prima di restituirmi il vino. "Cosa posso dire? Mi accontento di piccole cose."

Mi bagnai la gola con il liquido denso e amaro, poi porsi nuovamente l'otre al Titano, che l'accettò.

Ci passammo l'otre in silenzio, il sapore del vino sembrò migliorare leggermente ogni volta che il Titano me lo riconsegnava.

"Allora," mi schiarii la gola e mi spolverai la tunica. "Non sei più arrabbiato con me?"

"È difficile rimanere arrabbiato con l'unico amico che ho."

Quell'affermazione mi colpì in un modo che non mi sarei mai aspettato. La parola *amico*, detta con tanta disinvoltura, mi fece sorridere.

"Ti rimetterai?" chiesi, indicando le sue ferite.

Prometeo agitò la mano come per disperdere dell'incenso. "Non preoccuparti. Spariranno in meno di un'ora."

"L'aquila," gli dissi pensando al momento in cui ero quasi morto. "Le mie frecce sono rimbalzate sul suo corpo. Credo che il suo piumaggio sia bronzo puro."

Prometeo annuì. "Una delle opere più eccelse di Efesto. Il creatore delle mie catene è stato incaricato da Zeus di creare un'armatura per proteggere il mio torturatore. Uccidere quell'aquila è quasi impossibile." Fece una smorfia mentre valutava lo spiazzo. "Ha frantumato la tavola da gioco e ha disperso la maggior parte dei pezzi. A quest'ora saranno sparsi per tutta la valle."

"Non preoccuparti," gli dissi. "Creeremo una nuova tavola da gioco."

Prometeo si lasciò andare a una risata. "Sei proprio un ottimista, non è vero?"

Scrollai le spalle. "Se inizi il tuo viaggio concentrandoti sulle cose brutte, vedrai solo cose brutte."

"Cos'è? La saggezza del viaggiatore?"

"No. Qualcosa che diceva sempre mio padre."

Prometeo si protese verso di me. "Perché vuoi aiutarmi, Zid? È solo per gratitudine?"

"No," dissi, realizzando che la mia volontà di vedere il Titano liberato era più forte che mai. "Non si tratta di semplice gratitudine. Voglio che tu veda le città che ho descritto nelle mie storie: Babilonia e Troia e tutti gli altri gioielli di quella parte del mondo. Voglio che incontri la gente di cui ti ho parlato, che sperimenti sulla tua pelle le culture che li ospitano. Voglio che tu sia lì per vedere le meraviglie che l'umanità ha creato negli anni in cui sei rimasto prigioniero di questa montagna. Forse non posso spezzare queste catene e non posso uccidere l'aquila, ma ci deve essere un modo per conquistare la tua libertà."

Il Titano si strofinò gli avambracci, con gli occhi fissi sulle catene. "La libertà non è mai stata un'alternativa, Zid."

"Perché no?"

Prometeo lanciò un altro sasso oltre il dirupo. "C'è qualcosa che ho tralasciato quando ti ho raccontato la mia storia. Zeus mi ha incatenato in seguito al mio furto del fuoco, è vero, ma all'inizio l'aquila non faceva parte della punizione."

"Che cosa intendi dire?"

"Zeus manda l'aquila perché io proteggo un segreto che può distruggerlo."

Di nuovo la parola *segreto*. Prometeo la lanciò come un pugnale in mezzo a una mappa, segnalando una direzione. "Quale segreto?"

"Una profezia che mi tengo stretta al petto," disse Prometeo. Si guardò intorno ancora una volta, come per assicurarsi di qualcosa. "Non mi chiamano 'colui che riflette prima' senza un motivo."

Finalmente capii perché a volte si fermava e guardava verso ovest prima di parlare degli dèi. Si stava assicurando che non lo stessero ascoltando.

Il Titano lanciò un altro sasso nel vuoto, e lo sentii sbattere contro le pareti rocciose finché il suono non venne inghiottito dal silenzio. "Questo è quello che so." Prometeo strinse le mani a pugno e fissò il cielo. "Zeus è destinato a essere ucciso dal figlio che avrà con la Nereide Teti. Le Parche hanno davvero un peculiare senso dell'umorismo. Zeus è destinato a essere rovesciato dal suo stesso figlio. Lo stesso destino subìto dal padre Crono."

Il mio cuore saltò un battito. La portata dell'affermazione del gigante mi fece girare la testa. "Zeus sa che questa profezia esiste?"

"Sa che qualcuno lo minaccerà." Prometeo si voltò e mi guardò con aria pensosa. "Ha mandato molte volte il dio Ermes per convincermi a rivelare la profezia, ma io ho sempre rifiutato, anche quando Zeus si è offerto di alleggerire la mia pena, anche quando mi ha promesso che non avrebbe mandato più l'aquila."

"Non capisco. Perché stai soffrendo se puoi almeno evitare il dolore?"

"Se mantengo il segreto, e Zeus viene sconfitto, libererò l'umanità dal suo più grande tiranno." Le parole di Prometeo avevano una gravità che stonava con il suo carattere. "Non capisci, Zid? Gli dèi sono meschini e vendicativi. Senza il loro re a tenere in pugno gli Olimpi, potrebbero decidere di farsi guerra, cercando di impadronirsi del suo potere. E così facendo, l'umanità sarà libera dagli dèi per la prima volta nella storia. Capisci adesso, amico mio? Il dolore che sopporto, lo sopporto per voi. È un dono che faccio all'umanità."

Le mani di Prometeo stavano tremando. Quando mi guardò di nuovo, i suoi occhi erano come torce. "So come finisce la mia storia. Questa montagna è la mia prigione e la mia tomba. Questo è il mio destino. Lo accetto." Bevve un altro sorso dal mio otre. "Mi piace molto questo vino," disse, i suoi occhi distanti. "Per favore, portane dell'altro."

Quando mi restituì l'otre guardai al contenitore di pelle, pensando a quello che il Titano mi aveva detto.

"Sono stanco." Le sopracciglia di Prometeo si avvicinarono, il cipiglio era profondo. "Credo che ora dormirò." Appoggiò la testa sulla roccia e chiuse gli occhi.

Lo lasciai dormire, guardandolo a lungo mentre il suo petto massiccio si alzava e si abbassava a intervalli regolari. I miei occhi si soffermarono sulle ferite del gigante. Mi alzai in silenzio per non disturbare il suo riposo e raccolsi uno dei pezzi a forma di quadrato del gioco dei perdenti.

Mentre lo guardavo, realizzai che sia Prometeo che Zeus stavano cercando di vincere una partita; Prometeo mantenendo il suo segreto fino alla caduta del Re dell'Olimpo, Zeus forzando il Titano in catene, torturandolo fino a quando non si fosse arreso. E così facendo, erano destinati a un pareggio in cui entrambi avrebbero perso.

Guardai Prometeo un'ultima volta prima di tornare verso il villaggio.

Capii in quel momento qual era il mio ruolo: dovevo essere il fulcro della bilancia. E sapevo esattamente come diventarlo.

## 10

## LA VOLONTÀ CHE PIEGÒ IL CIELO

L a valle tra le montagne e il villaggio era deserta. Nessun cinguettio di uccelli, né ronzio di insetti; solo qualche albero dall'apparenza fragile, i fusti secchi come le gambe di un vecchio.

Era il luogo perfetto per sfidare gli dèi.

Osservai la mia mano, chiusa a pugno, e sentii l'oggetto affilato all'interno. Non sapevo se il mio piano avrebbe funzionato, ma era tutto quello che avevo.

Una volta mio padre mi disse che il modo migliore per prendere una decisione è immaginare la mia vita senza la libertà di scegliere. Che tipo di esistenza sarebbe stata? Che cosa mi sarebbe mancato di più?

Mi ero costretto a immaginarmi mentre rinnegavo la mia promessa e lasciavo il Titano al suo destino.

Per quanto mi fossi sforzato, non riuscii a sopportare un pensiero del genere.

E così decisi di sfidare il destino, a prescindere dal prezzo che avrei dovuto pagare: non mi restava che interpellare l'unica divinità libera di disporre delle sorti di Prometeo. E non avrei accettato un no come risposta.

Guardai l'orizzonte, in direzione del monte Olimpo.

"Dio del tuono!" gridai, e un brivido mi corse lungo la schiena. "Il mio nome è Zid, figlio di Xhoroast. Hai cercato a lungo la profezia sulla tua caduta, e a lungo questa profezia ti è sfuggita. Non più. Sono qui per farti una proposta. Conosco il segreto di Prometeo. Sono disposto a rivelartelo, Portatore di Tempeste, se mi ascolterai."

Il cielo rimase un'uniforme cupola blu punteggiata da piccole nuvole. Un vento gelido frustò i rami degli alberi scheletrici. Fu l'unica risposta che mandarono gli dèi.

"Signore dell'Olimpo!" lo chiamai con rinnovata forza. "Ti imploro. Lascia che questo sia..."

"Stai sprecando il fiato, mortale."

Mi girai di scatto. Dietro di me, una figura era appoggiata su uno dei tronchi secchi, le mani intrecciate dietro la testa. Lo sconosciuto non era molto più alto di me, ma era più magro, la linea del suo corpo dritta come una lancia. Aveva una carnagione chiara, gli occhi neri come ossidiana infiammavano il volto affilato. Indossava una veste e sandali dorati muniti di piccole ali.

"Ermes." Chinai il capo in segno di rispetto, riconoscendo il messaggero degli Olimpi. "Mi onori con la tua presenza, anche se mi aspettavo qualcun altro."

"Il Padre del Cielo non è un dio che può essere convocato." Mi fissò con uno sguardo vitreo. "Cosa vuoi dire al Re dei Re?"

"Voglio parlare con Zeus in persona, araldo degli dèi."

Ermes sorrise. "E io vorrei passare il tempo a fissare ninfe nude piuttosto che trovarmi in mezzo a questa desolazione." Il dio si guardò intorno come se l'aria stessa di quel luogo lo infettasse. "Vedi? Siamo entrambi destinati a rimanere delusi. Di' quello che devi dire."

"Ho qualcosa da offrire a Zeus."

"Sì, mortale, sono anche io munito di orecchie. Ti ho sentito urlare a squarciagola." Ermes si strofinò la fronte con un pollice mentre scuoteva la testa. "Che modo insulso di passare la mattinata. Andiamo al punto. Mentre gridavi come una gallina, hai preteso di conoscere la profezia del Titano."

"Non è una pretesa," dissi con fermezza. "L'ho sentito da Prometeo stesso."

"E cosa ti fa pensare che abbia detto la verità?"

"È mio amico," risposi. "Non ha motivo di mentirmi."

"Amico?!" Ermes sembrò divertito da quell'affermazione. "Pensi che il Titano sia tuo *amico*? Deve essere davvero impazzito se ti tratta come tale."

"Considerando quello che Prometeo mi ha detto su voi Olimpi, non mi aspetto che tu comprenda un concetto come l'amicizia."

Ermes si staccò dall'albero e si fece avanti. "Ti rendi conto che posso strapparti la verità con la stessa facilità con cui un elefante schiaccia un melone?" La veemenza del suo sguardo mi trafisse con un'intensità allarmante. "Non mi diletto a torturare, ma facciamo quel che dobbiamo per andare avanti con la nostra giornata."

L'affermazione della divinità mi fece sorridere. Le storie di Prometeo erano accurate. Questi dèi erano davvero prevedibili.

"Dubito che tu possa strappare la verità da un cadavere." Aprii la mano e mostrai il contenuto a Ermes. "Questa punta di freccia è stata immersa nel veleno del serpente più letale della valle. Un solo graffio e morirò in pochi istanti e con me sparirà anche l'unica possibilità di vanificare la profezia."

Ermes sfoderò un sorriso affilato che non raggiunse i suoi occhi, che rimasero freddi come una pietra. "Non oseresti."

"Ho visto quello che Zeus sta facendo al mio amico," gli dissi, sorpreso di quanto la mia voce non tradisse nessuna emozione. Chiusi lentamente la mano intorno alla punta della freccia. "Non vivrò un altro giorno per vederlo ripetersi."

Ermes guardò il mio pugno che si andava chiudendo senza dire nulla.

"Soddisferai la mia condizione, dio dell'Olimpo," dissi con fermezza, "oppure Zeus cadrà."

Gli occhi di Ermes si ridussero a fessure. "Stai minacciando il re di tutti gli dèi, mortale?"

"Non ne ho bisogno. Il destino stesso lo sta facendo per me."

Il messaggero degli dèi mi studiò con interesse. "Moriresti davvero per il Titano?"

"Senza pensarci due volte."

Gli occhi del dio lampeggiarono di una luce maliziosa. "Ah!" batté le mani sulle gambe. "Questo sì che è imprevisto! Sei divertente, mortale. Questo sotterfugio ti rende degno della mia attenzione. Sentiamo, allora. Che cosa vuoi in cambio della profezia?"

"Voglio che Prometeo venga liberato. Voglio che Zeus giuri sul sacro fiume Stige che lo lascerà andare."

Ermes sgranò gli occhi. Sapeva la portata di quello che gli stavo chiedendo. Tra le tante storie che Prometeo mi aveva raccontato, non aveva trascurato quella sulla dea del fiume Stige. Durante la guerra tra gli Olimpi e i Titani, Stige si schierò con Zeus, come avevano fatto Prometeo ed Epimeteo. Dopo la guerra, Zeus dichiarò che ogni giuramento fatto sul fiume che portava il suo nome sarebbe stato vincolante. Nemmeno il re degli Olimpi poteva infrangere un simile giuramento.

"Follia," sibilò Ermes tra i denti stretti. "Osi trascinarmi qui per deridere gli dèi? Per sprecare il nostro tempo in scherzi e insulti?"

"Non è uno scherzo. È la mia unica condizione."

Ermes sbuffò. "Non conosci il motivo per cui il Grande Padre tiene il Titano incatenato?"

"So che non si fida di lui. So che pensa che potrebbe fare qualcosa per rovesciarlo."

"Allora sai perché non può essere liberato. È un Titano e un ingannatore. Non ci si può fidare di lui."

"E se non fosse più un Titano? Se venisse spogliato di tutti i suoi poteri, come è successo a Crono e a tutti gli altri Titani che si sono opposti a Zeus?"

L'araldo degli dèi mi lanciò un'occhiata incuriosita. "Che cosa vuoi dire?"

Mostrai a Ermes il mio otre. "Che cosa succederebbe se gli dessi un sorso di dystheos, senza che se ne accorgesse? Che cosa succederebbe se perdesse la sua divinità? Zeus penserebbe ancora a lui come a una minaccia?"

Il sorriso di Ermes mostrava i suoi denti perfetti mentre mi studiava con rinnovato interesse. "Vuoi ingannare l'in-gannatore?"

"Te l'ho detto. Sono suo amico. Si fida di me."

Il dio scoppiò a ridere. "Mi sbagliavo su di te, mortale. C'è più di quanto non traspaia nel tuo sguardo ottuso." Guardò il cielo e annuì. "Sì. Forse possiamo raggiungere un accordo."

IL GIORNO dopo andai a visitare Prometeo, il mio otre pieno di vino speziato mescolato con una polvere fine, nera come la notte.

Il Titano bevve avidamente, senza sospettare nulla.

Restai con lui e conversai fino a mezzogiorno, quando venne il momento di salutarci.

Mentre me ne andavo, il mio cuore si riempì di un misto di appagamento e senso di colpa quando mi accorsi che nessun urlo giunse dalla montagna.

Quando arrivai al villaggio, la gente mi guardava in modo strano. Si teneva a distanza e sussurrava al mio passaggio. Il capo villaggio catturò i miei occhi.

"La montagna è silenziosa per la prima volta da generazioni." Indugiò un istante prima di proseguire: "Che cosa hai fatto al demone?"

Guardai alle mie spalle. "Ho corrotto gli dèi," dissi, sentendo un sapore aspro in bocca. "Ho comprato la sua libertà."

L'uomo si rizzò per osservarmi meglio: "Come?" chiese, mentre la voce si incrinava per l'emozione.

"Distruggendo un'amicizia." Le mie parole erano un pezzo di carbone in fiamme che si faceva strada nella mia coscienza. "Me ne andrò domani. Grazie per la vostra ospitalità."

Quella notte non riuscii a dormire. Mi alzai e guardai verso le cime delle montagne, una legione di pensieri che mi turbinavano in testa. Mi sentivo sporco, indegno dell'aria che stavo respirando. Se esisteva un po' di giustizia in questo mondo, pensai che sarei morto da un momento all'altro.

Ma non morii. Continuai a respirare.

La giustizia è un concetto etereo, incline a essere piegato da qualsiasi volontà. Fu l'idea di giustizia di Zeus che portò Prometeo alla prigionia e alla tortura. La mia stessa idea di giustizia ebbe un prezzo molto alto: per liberare il mio amico avevo dovuto tradirlo.

Pensai al primo giorno in cui ero arrivato al villaggio, desideroso di conoscere la verità che si celava dietro la storia. Mi sembrava che fossero passati mille anni. Era come se fosse successo a un'altra persona.

Rimasi lì fuori, lasciando che il vento mordesse i suoi denti aguzzi oltre la mia tunica, finché il sole sorse e la luce bandì ogni ombra. A quel punto, rimase solo il Cercatore.

Presi il mio sacco da viaggio e mi incamminai verso la montagna.

Magari ero un traditore, ma non avrei lasciato il mio amico a ponderare su che cosa fosse successo. Glielo avrei detto di persona, guardandolo negli occhi.

Dopo tutto quello che aveva fatto per me, gli dovevo almeno la verità.

QUANDO RAGGIUNSI LO SPIAZZO, per un momento pensai che fosse vuota. Poi i miei occhi si posarono su una figura che fissava delle catene spezzate. Mi ci volle un po' di tempo per riconoscerlo.

"Prometeo?" dissi, un'ondata di paura mi trafisse il cuore.

Il Titano alzò la testa. Aveva perso quasi tutti i suoi tratti distintivi. Era solo pochi centimetri più alto di me, e il suo corpo aveva perso la muscolatura possente. La carnagione era diventata rosa; gli occhi fiammeggianti avevano assunto un colore verde smeraldo. Sembrava un essere umano.

"Era nel vino, non è vero?" disse, le mani poggiate sul grembo. "Il dystheos." La voce era rimasta uguale: un suono baritonale e poderoso, simile a una valanga.

"Sì," risposi. "Era nel vino."

Un sorriso cupo piegò le sue labbra. "Come l'hai ottenuto?"

Serrai la bocca, deglutendo a fatica. Ci volle tutto il mio

coraggio per guardarlo negli occhi. "Ho barattato con gli Olimpi. La tua libertà in cambio della profezia."

"Ah." Prometeo si raddrizzò, ma continuò ad apparire piccolo e fragile rispetto al gigante che avevo imparato a conoscere. "Oggi mi hai insegnato una cosa nuova, Zid," disse con una smorfia che tradiva dolore. "L'amicizia può essere un'arma a doppio taglio. Comprendi quello che hai fatto? Senza Zeus, l'umanità sarebbe stata liberata dalla sua tirannia."

"E tu saresti rimasto bloccato qui per l'eternità, impazzendo."

"Era un sacrificio che ero disposto a fare."

"Che valore ha la libertà se non si ha un amico con cui condividerla nel viaggio della vita?"

Prometeo contemplò le sue catene spezzate, poi si voltò a guardarmi. "Un altro po' di saggezza del viaggiatore?"

Scossi la testa. Misi la mano nel sacco e tirai fuori la statuetta con le sembianze di mia madre. "Qualcosa che amava ripetere mia madre."

Il Titano studiò il manufatto. "Mi sarebbe piaciuto conoscerla. Anche tuo padre."

Feci un passo nella direzione di Prometeo. "Sono venuto qui, oggi, perché ti ho tradito. So di non meritare il tuo perdono, ma penso sinceramente che uccidere Zeus non sarebbe stato il miglior regalo che si potesse fare all'umanità."

Prometeo mi guardò con i suoi nuovi occhi verdi. "C'è forse qualcosa di meglio?"

Strinsi la mano intorno alla statuetta. "Restare vivo e vedere quanta strada ha fatto l'umanità da quando Zeus ti ha incatenato."

Prometeo sembrò considerare le mie parole, le sue

sopracciglia inarcate. "Vedere quanta strada ha fatto l'umanità?"

"Pensaci," dissi, inspirando profondamente. "Ora che Zeus non ti vede più come una minaccia al suo dominio, sei libero di ispirare l'umanità. Ci sono uomini e donne pronti ad accogliere questo dono. Ho incontrato molte di queste menti curiose nei miei viaggi. Mio padre era uno di loro. Sono convinto che ora che sei libero, non ci sono limiti alle meraviglie che possiamo realizzare."

"Capisco perché l'hai fatto," annuì Prometeo. "Davvero, ma temo che non sarò mai in grado di giustificare la tua azione. Lasciandolo vivere hai perso molto più di quanto tu possa immaginare."

Gli misi l'effige di mia madre nel palmo della mano e gli chiusi le dita attorno. "È un sacrificio che sono disposto a fare."

Il Titano mi fissò, stordito. "Zid..."

"So di non meritare la tua amicizia," dissi, "ma ti prego, accetta questo dono. È tuo."

Prometeo guardò la statuetta, le sue dita percorsero le sottili linee che ne definivano il volto.

Mi girai, presi il sacco da viaggio e mi allontanai.

"Zid."

Mi fermai a metà strada tra Prometeo e il limitare della spianata. Sentii una mano a misura d'uomo posarsi sulla mia spalla. "Tu non mi hai tradito," disse Prometeo. "Temo che ti sbagli anche su questo. Ti sei comportato come un amico."

Mi voltai e guardai il Titano. Stava studiando il terreno roccioso dove era giaciuto la notte in cui l'aquila lo aveva assalito, spegnendo la sua coscienza. "Ho dimenticato la gioia di potermi muovere senza catene, senza dover temere il sorgere del sole. Ho dimenticato com'era respirare da essere libero. E ora ricordo." Mi strinse con gentilezza la spalla e mi sorrise. "Grazie a te."

Fissai quegli occhi verdi, saggi e benevoli. Tesi la mano e Prometeo la strinse.

"Mi servirà un amico per scendere da questa prigione," disse Prometeo, guardando verso la vallata. "Questo nuovo corpo è come una veste troppo stretta. Avrò bisogno di tempo per abituarmici."

Discendemmo dalla montagna lentamente. A volte Prometeo si fermava e si guardava indietro, come se si aspettasse che qualcosa gli impedisse di muoversi. Forse avvertiva il fantasma delle catene. Forse pensava di sognare e aveva paura di svegliarsi.

"Non tornerai mai più lì," lo rassicurai, sottolineando ogni parola. "D'ora in poi, andremo solo avanti."

Prometeo annuì. "Grazie," disse con un'espressione più rilassata. In quel momento, un pesante fardello sembrò levarsi dalle sue spalle.

Quando raggiungemmo la base della montagna, il Titano sembrò sbalordito. Toccò la parete rocciosa, sussurrò qualche parola che non riuscii ad afferrare e poi mi seguì. Percorremmo il resto della strada in silenzio e quando arrivammo al villaggio, tutti i presenti si fermarono e guardarono nella nostra direzione. Fissarono Prometeo, i loro occhi indugiarono sulle profonde linee rosse sui suoi polsi. Si guardarono l'un l'altro come per assicurarsi che tutti quanti stessero vedendo la stessa cosa.

"Sono tutti diversi," mi disse il Titano, facendo passi esitanti verso la folla che si stava formando. "Così lontani dal primo esemplare del genere umano che creai. Sono più bassi, i loro volti più stretti. E guarda, ce ne sono tantissimi. Siamo forse in una grande città?"

Risi alla sua espressione estatica. "Una grande città?

Questo è un piccolo villaggio sperduto ai confini della civiltà, talmente remoto che non ha neppure un posto su una mappa. Se questo villaggio ti sembra grande, aspetta di vedere Biblo, Troia e Babilonia. Sono sicuro che rimarrai piacevolmente sorpreso."

Prometeo stava per rispondermi quando i suoi occhi vennero catturati da qualcosa. Seguii il suo sguardo. A una dozzina di metri di distanza, il fabbro del villaggio era al lavoro nella sua bottega, ignaro di tutto il clamore all'esterno. Prometeo si diresse in quella direzione, e la folla fece largo per lasciarlo passare.

"Prometeo?" Lo chiamai.

Continuò ad avanzare senza darmi ascolto. Lo chiamai di nuovo, e di nuovo mi ignorò. Mormorando sottovoce lo seguii.

Il fabbro, un uomo di mezza età con braccia più grandi delle mie gambe, alzò lo sguardo quando Prometeo si fermò davanti a lui.

"Salute," disse il Titano.

L'uomo tarchiato guardò me, quindi Prometeo. Accarezzò la sua folta barba nera come il carbone e alzò le sopracciglia cespugliose. "Cosa posso fare per te, straniero?"

"Stai forgiando uno strumento notevole." Prometeo fece un cenno verso il lavoro del fabbro. "È uno scalpello?"

"Sì." Il fabbro sollevò l'utensile, la parte che era stata da poco immersa nel fuoco era ancora color ambra. "Sarà pronto prima che il sole s'inginocchi all'orizzonte." Studiò il Titano e si schiarì la gola. "Vuoi comprarlo?"

Prometeo guardò oltre il fabbro, in un angolo lontano della bottega, dove la fornace ospitava una fiamma vivace. "Un'altra volta," disse. "Ma sono contento che lo trovi utile."

"Cosa?" Il fabbro guardò lo scalpello, accigliato. Sollevò l'attrezzo quasi finito e disse, "Questo?"

"No." Prometeo guardò la fornace. "Il fuoco. Portarlo nella tua officina ha richiesto un sacrificio. Sono felice di vedere che ne stai facendo buon uso."

Il fabbro si voltò a guardare il fuoco come se avesse perso una parte importante della conversazione, poi guardò il Titano con aria confusa.

Entrai nella bottega e misi una mano sul braccio di Prometeo. "Sei pronto?" gli chiesi.

Gli occhi verdi di Prometeo si illuminarono. "Sono pronto," disse, sorridendomi. "Mostrami la strada."

# EPILOGO

A metà strada tra il villaggio e la valle trovammo la bambina con i capelli biondi ad aspettarci. Teneva le redini di tre cavalli sellati.

Battei le palpebre, guardai il villaggio ormai lontano alle nostre spalle, poi mi avvicinai a lei. "Cosa ci fai qui?" le chiesi.

Ma lei non mi degnò di uno sguardo. Tutta la sua attenzione era rivolta all'uomo accanto a me.

"Ho atteso a lungo questo momento," disse, facendo un passo in avanti. "Temevo che non sarebbe mai arrivato."

Prometeo studiò la bambina, poi scoppiò a ridere. "Avevo il sospetto che qualcuno l'avesse aiutato." Mi lanciò uno sguardo. "Ma non pensavo che fossi tu, Epimeteo."

Guardai la fanciulla, e poi Prometeo. "Epimeteo?!" Mi strofinai gli occhi. "Tuo *fratello* Epimeteo? Io... io non capisco."

"Guarda con attenzione," disse la giovane. In quel momento si levò un forte vento e i suoi capelli cominciarono a danzare. Le gambe e le braccia si allungarono; il corpo cambiò forma. Gli stracci si trasformarono in una veste scura munita di cappuccio, e sul volto iniziò a crescere una folta barba bruna.

Indietreggiai. Era il nomade che mi aveva raccontato la storia del demone ombra.

"Tu?!" esclamai. "Perché... perché questo travestimento?"

"Non potevo rivelarmi, perché gli dèi mi stavano osservando." Epimeteo indicò il cielo. "Ma non hanno mai considerato un umano una minaccia, così ho cambiato la mia forma per guidarti. Ti ringrazio per aver salvato mio fratello." Il Titano guardò Prometeo. "Fratello, ti ho deluso molte volte e me ne vergogno, ma oggi sono qui davanti a te perché ho trovato la speranza. Quando un oracolo mi ha rivelato che potevi essere salvato solo dalla tua stessa creazione, mi sono messo a cercare qualcuno come Zid: una mente curiosa con un cuore nobile."

"Qualcuno come me?! Cosa... Che cosa vuoi dire?"

Epimeteo posò entrambe le mani sulle mie spalle. "Ti conosco, Zid, figlio di Xhoroast. Non è stato facile trovare un uomo come te, un uomo destinato a sfidare gli dèi e a porre fine a un'ingiustizia antica quanto l'umanità."

Guardai gli occhi del Titano, luminosi e pieni di stupore.

"Ero con te quando avevi poco più di sei anni," disse Epimeteo, chiudendo gli occhi e inspirando profondamente, "quando decidesti di salire su un pino per dimostrare a te stesso che potevi farlo. Ero lì quando aspettasti che la notte si dissipasse, scoprendo l'alba per la prima volta. Ero lì quando Archena, la fanciulla di cui ti eri innamorato, morì a causa dell'indifferenza di un villaggio, e tu giurasti che non avresti mai più permesso che accadesse di nuovo. Ero lì quando fosti assalito dal leone." Aprì di nuovo gli occhi e sorrise. "Mi dispiace solo di non aver potuto fare di più per la tua ferita."

Sentii ogni singolo muscolo del mio corpo irrigidirsi.

"Tu... vuoi dire... stai dicendo che eri tu il guaritore?"

"Sì, Zid. Ti ho visto inciampare più volte di quante possa contare, ti ho visto cadere. Ogni volta, ti sei ripreso e hai continuato il tuo viaggio fino a quando ti ha portato qui." Epimeteo annuì, come se fosse stato improvvisamente colpito da una intuizione. "Sei più simile a mio fratello di quanto io lo sia mai stato. C'è lo stesso fuoco di sfida dentro di te, la stessa spinta a esplorare, a diventare più di quello che sei. Non hai paura di sfidare te stesso, non hai paura di sacrificare ciò che sei per la promessa di ciò che potresti diventare. Sei un degno rappresentante della Stirpe del Fuoco."

Epimeteo mi passò accanto e s'inginocchiò davanti a Prometeo. "Fratello, i miei fallimenti sono innumerevoli, forgiati nella storia del mondo, impossibili da ignorare. Ma se mi perdonerai, ti aiuterò a liberare l'umanità dall'oppressione degli dèi."

Prometeo tirò su il fratello e lo abbracciò. "Non c'è niente da perdonare. Siamo di nuovo uniti. È l'unica cosa che conta."

Guardai i due fratelli, insieme dopo chissà quanto tempo. Era valsa la pena liberare il Titano anche solo per vedere quell'abbraccio.

Prometeo lasciò andare suo fratello, ed Epimeteo ci consegnò le redini. Montammo a cavallo, avviandoci all'unisono, come se seguissimo i passi di un sentiero familiare.

"Allora, viaggiatore," m'interrogò Prometeo, "qual è la nostra destinazione?

"Beh." Sorrisi. "È giunto il momento che il Titano che sfidò gli dèi scopra la luce che la Stirpe del Fuoco sta usando per tenere a bada le ombre."

Fine

# LA MUSA DI AVALON

## LIBRO III

# 1

## CACCIATORI DI GLORIA

Stolti come *questo* si arrampicano continuamente sulla mia montagna.

La promessa di gloria li porta da me, sfrontatezza dipinta sul volto, convinti che ben presto i bardi canteranno canzoni sulle grandi gesta che hanno compiuto, ancor prima che siano compiute. Si vedono già in una corte piena di nobili che brindano in loro onore mentre gli viene messa una corona in testa.

Stolti, come dicevo.

Il loro viaggio inizia sempre nello stesso modo. Qualcuno gli racconta la storia che ho divulgato tempo fa, una storia che promette un potere assoluto, e il governo di un'intera nazione. Questo è il motivo per cui vengono qui, questi aspiranti eroi: vogliono estrarre la leggendaria spada nella roccia.

Pochi si rendono conto che la vera gloria deriva da un valore che dovrebbero già possedere, e per provare il loro valore hanno bisogno di coraggio, integrità e spirito di sacrificio.

Nessuno di questi cacciatori di gloria sa che vivo dentro

questa spada: una dea che ha scelto volontariamente di incatenare la sua anima al ferro della lama. Come potrebbero sapere una cosa del genere, dopotutto? Non fa parte della storia che gli hanno raccontato. Ho tralasciato quel dettaglio per una ragione ben precisa.

Mi addolora constatare che, dopo tutto questo tempo, dopo che così tanti uomini sono giunti sulla cima e hanno tentato di estrarre la spada, solo pochi di loro hanno una possibilità di farcela.

Spero sempre di sbagliarmi, ovviamente.

Valuto quest'uomo, in piedi dall'altra parte dello spiazzo. I suoi occhi sono ansiosi e la sua bocca socchiusa in un sorriso compiaciuto. Pensa che la parte difficile sia alle sue spalle, l'*illuso!* La sommità della montagna è abbastanza estesa da permettere a una dozzina di uomini di stare in fila.

Scalare la montagna è un compito arduo. Ci sono versanti ripidi e scoscesi, con sporgenze affilate come rasoi. Senza contare i serpenti velenosi e gli scorpioni in agguato tra le rocce.

Il coraggio abbandona molti degli uomini già ai piedi della montagna, dopo essersi resi conto di quanto sia difficile la scalata. Altri rinunciano mentre stanno salendo, quando capiscono che un passo falso potrebbe costargli la vita.

Ma quest'uomo, per quanto non mi ispiri fiducia, è arrivato fino in cima e suppongo che dovrei dargli il beneficio del dubbio.

È un molto alto, con spalle larghe e muscolose e braccia grosse come prosciutti. Indossa una casacca color legno d'acero, fatto di pelli di scoiattolo. Le mani, grosse e callose, sono coperte di graffi. Sul pettorale ha dipinto un leone che sputa fuoco.

Un cavaliere britannico, a giudicare dalle vesti. Forse

addirittura un signorotto. Cerco di immaginare come sia venuto a sapere della spada nella roccia. Forse da un pescatore, o magari da un contadino, se si è spinto nell'entroterra. Osservo i suoi occhi mentre vengono catturati dal bagliore della lama. Brillano di desiderio.

L'uomo si dirige verso la spada. Mentre cammina, getta un'occhiata al fodero di metallo a pochi passi di distanza dall'arma, anche quello infilato nella pietra con una magia che nemmeno io posso annullare. Attendo che il suo sguardo si soffermi sulle parole scolpite nella pietra, un enigma che ho fatto incidere per aiutare gli avventurieri a estrarre la lama, ma il cacciatore di gloria lo ignora, come se non fosse più importante della terra che sta calpestando.

*Dèi del cielo, saprà leggere?*

Quest'uomo desidera ciò che viene promesso dalla leggenda: 'Colui che estrarrà la spada sarà re di una nazione.' È un premio allettante per un guerriero in cerca di fama. Sembra essere anche l'unica cosa che interessi la maggior parte dei cercatori.

Quando si trova davanti alla spada il suo sorriso si allarga fin quasi a toccare gli occhi. Flette i bicipiti e apre e chiude le mani. Il mio timore cresce a pari passo con la mia irritazione. Sembra proprio che abbia di fronte l'ennesimo contendente con il cervello nei muscoli.

Ma non mi dò per vinta. Cerco di mantenere viva la speranza.

Mani callose si chiudono intorno all'elsa. Il cavaliere cerca di tirarla fuori dalla pietra con uno strattone. Il suo sorriso svanisce, come un quarto di luna coperta da un banco di nuvole. Grugnisce e digrigna i denti. Cambia posizione, cerca di tirare aiutandosi con la schiena, poi flette le gambe, massicce come tronchi, e tira con tutte le forze.

Per diversi minuti l'aspirante eroe prova a estrarre la spada, imprecando e sbuffando incessantemente.

Un inizio decisamente deludente. L'ultimo frammento di speranza che avevo si va frantumando. Non importa quanto usi le braccia muscolose. Lo stesso Eracle invecchierebbe cercando di tirare fuori la spada con la sola forza bruta.

Se c'è una cosa che ho imparato guardando centinaia di tentativi fallimentari, è che anche quando dovrebbe essere chiaro che i muscoli non servono, i contendenti sono troppo orgogliosi per ammetterlo.

Alcune volte la loro testardaggine rasenta la stupidità.

Una mezza dozzina di avventurieri si sono slogati una spalla mentre cercavano di tirare con forza, altri si sono stirati i muscoli. Un paio si sono fratturati alcune ossa cercando di sollevare oggetti pesanti con la speranza di smuovere la spada. Uno di loro ha perfino provato a lanciarmi contro una roccia, ma ha perso l'equilibrio, è caduto su un fianco ed è rotolato giù dalla montagna.

Quella volta gli avvoltoi hanno banchettato per giorni.

Non so quanto tempo passa, ma alla fine il cavaliere smette di tirare. Riesco a vedere del sangue sulle gengive, stremate dal costante digrignare. Il sudore gli fa brillare la fronte come un sasso estratto da un fiume. Lancia un urlo esasperato e finalmente mi libera dalla presa.

Una parte di me conserva un infinitesimale frammento di speranza, per quanto fioca, che quest'uomo possa farcela. Spero che rifletta, valuti le sue opzioni, che magari capisca che il fodero è importante, che non è solo un ornamento messo lì senza motivo.

*Leggi l'enigma, stolto!*

Ancora una volta sono destinata a rimanere delusa. Il

cercatore lancia uno sguardo infuriato alla spada, e ci sputa sopra con sprezzo.

È così che gli uomini si arrendono: dando la colpa a qualunque cosa fuorché a sé stessi. Sono abituata a questa reazione. Questo non significa che mi piaccia.

Come risposta faccio vibrare il ferro della lama. L'aria si muove con un susseguirsi di onde, trasportando un messaggio destinato alle mie amiche. Non passa molto prima che un ronzio si levi da un cespuglio vicino. Il cavaliere si volta verso il rumore, sgrana gli occhi e fa un passo indietro. Uno sciame di api denso come fumo vivente si riversa su di lui. L'uomo si volta, urlando e dimenandosi, e inizia a discendere disordinatamente dalla montagna.

*Ecco una storia che potrai raccontare ai tuoi amici, se sopravvivi alla discesa.*

Nessuno ride alla mia battuta, e quando il cercatore scompare dalla vista, un pesante silenzio cala sulla cima.

Se solo potessi sospirare, lo farei.

Avrei dovuto sospettarlo. Quante volte ho visto uomini simili a questo, e quante volte le mie speranze sono andate in frantumi?

Forse sono talmente disperata che lascerei che il primo smidollato mi possa estrarre dalla roccia. Forse questi cialtroni mi ricordano la mia stessa stupidità, facendomi riflettere sul motivo per cui sono qui, intrappolata dentro la spada. Stento a crederlo. Tutti i miei anni di saggezza, tutte le meraviglie che ho visto, le persone che ho ispirato. Che cosa mi hanno portato?

C'è stato un tempo in cui parlavo con potenti divinità, ispiravo il genio nelle menti dei mortali, favorivo il cambiamento stesso nella storia. E adesso? Parlo da sola, come una pazza.

Aghi d'acqua cominciano a cadere dal cielo di ferro mentre un vento gelido flagella la spianata. Quel poco che restava del sole è quasi svanito sotto il manto dell'orizzonte. Presto calerà l'oscurità, e con essa un silenzio tombale. Non mi aspetto di ricevere altri ospiti, quest'oggi. Nessuno ha mai provato a scalare la montagna di notte. Sarebbe una follia.

Ammetto che non mi dispiace restare da sola. Ho avuto abbastanza delusioni, e almeno posso godermi il tocco della pioggia che mi accarezza, lavandomi dal sudore dell'ultimo avventuriero.

Chissà! Forse sono troppo severa. Desidero ardentemente che uno di loro abbia successo ma, dopo aver visto così tanti fallimenti, riconosco un caso perso. Gli indizi sono davanti a me, chiari come il sole in una mattina estiva. Riesco a individuare l'orgoglio nel modo in cui camminano, l'ostinazione nei loro portamenti, la brama nei loro occhi.

Questa terra è piena di uomini simili, amanti della guerra e della distruzione, persone che non hanno mai letto un'opera epica, le cui mani non hanno mai suonato uno strumento. Uomini con bocche che sembrano eccellere solo nel bere boccali di birra.

La temperatura scende velocemente mentre le folate di vento acquistano forza. La luna fa capolino nel cielo e l'ultima traccia di sole viene bandita dal mondo.

Un altro giorno passa, un'altra moneta gettata nella coppa del destino; si aggiunge agli innumerevoli giri di sole che mi hanno vista intrappolata sulla cima di questa prigione di roccia. La cosa più buffa? Niente di questo sarebbe successo se non fosse stato per la mia testardaggine.

Forse sono io la vera stupida.

La pioggia continua a cadere incessantemente e mi bagno nella sua frescura, lascio che lavi la mia anima inquieta.

È in momenti come questi che il pensiero ritorna a indugiare sul passato, soffermandosi sulla mia terra natia, dove lunghe file di ulivi punteggiavano l'orizzonte e il sole splendeva tutto l'anno, facendo brillare l'oro e l'avorio che impreziosiva i templi fiorenti di opere d'arte. Ah, la mia patria! Il luogo di nascita della letteratura, della filosofia, del teatro e della democrazia. Indugio su quel paradiso dimenticato; poi ricordo il caos che seguì, i templi e le statue abbattute, i rotoli di pergamena divorati dalle fiamme e le tavole di argilla piene della conoscenza dei millenni frantumate senza alcun ritegno. I miei ricordi sorvolano il dolore e la privazione che seguirono, vanno oltre l'interminabile viaggio che mi ha portato in questa terra, finché inevitabilmente mi viene in mente l'isola di Avalon, dove questa storia ha avuto inizio.

## 2

## CENERI E NEBBIA

Quando la residenza degli dèi dell'Olimpo venne rasa al suolo e la maggior parte dei nostri templi vennero ridotti in frantumi, mia madre, la Titanide Mnemosine, fu una delle poche divinità a sopravvivere. Molti dei suoi simili erano già periti e Zeus, mio padre, scomparve molto prima che gli ultimi dèi dell'Olimpo, Poseidone ed Era, venissero meno. Qualcuno disse che il Re degli dèi venne ucciso assieme agli altri Olimpi, qualcun altro affermò di averlo visto mutarsi in un mortale per scampare al massacro e che per questo sarà condannato a vivere nella vergogna fin quando questo mondo non sarà inghiottito da una stella.

La verità è che non so che cosa sia successo a mio padre e agli altri dèi. Tutto quello che so è che Mnemosine usò il suo ultimo sprazzo di forza per permettere a me e alle mie sorelle di rifugiarci ad Albione, una terra nel nord dell'Europa di cui non sapevo quasi nulla.

Nostra madre ci proibì di tornare in Grecia per qualsiasi ragione.

"È troppo pericoloso," ci avvertì con serietà, mentre i

suoi occhi indugiavano su ognuna di noi. "Il tempo degli dèi è tramontato." Ricordo chiaramente quando mi prese da parte e mi guardò con un misto di amore materno e fermezza. "Calliope," disse, "ti affido la vita delle tue sorelle. Sei la più saggia fra loro. Voi siete il cuore della nostra cultura, le custodi della nostra memoria. Cercate rifugio a nord. Albione ha il suo Pantheon di divinità; forse alcune di loro saranno disposte ad accogliervi nelle loro case. Una volta che sarete al sicuro, ricordatevi chi siete. Voi ispirate la saggezza e la conoscenza nelle menti dei mortali. La vostra presenza li rende una versione migliore di sé stessi. Fa' tutto quello che puoi affinché la tua giustizia possa benedire le terre barbariche che chiamerai casa e portare stabilità e cultura in quella terra."

"Ti prometto che lo farò, madre." Le dissi addio, abbracciandola con forza. Non feci nulla per nascondere le lacrime.

Dopo la morte di Poseidone, il Mar Mediterraneo era diventato impraticabile. Per questo motivo dovemmo fare il viaggio attraverso l'entroterra dell'Europa. Guidai le mie sorelle verso nord, fermandoci per riposare brevemente in foreste che non erano mai state toccate dai mortali. Dopo tre mesi di viaggio, finalmente ci imbarcammo sulla nave che ci portò ad Albione.

La terra del nord ci accolse con nebbia e pioggia. Le nuvole, incastonate nel cielo, sembravano soffocare il sole e rubare il calore dalla terra e da tutti gli esseri viventi.

Albione era diversa dalla Grecia sotto molti aspetti, e il clima era solo uno di questi. Più freddo e selvatico, questo paese era vasto e umido, e ospitava una diversa classe di dèi e di mortali. Apprendemmo più tardi che la maggior parte degli abitanti chiamava queste terre 'Britannia'.

Ero spaventata, così come lo erano le mie sorelle, ma

non potevo apparire debole e indecisa. Era mio compito prendermi cura di loro.

Mia madre aveva suggerito di tessere legami di amicizia con gli dèi che vivevano ad Albione. Era un buon consiglio, considerate le nostre origini divine. In cambio di rifugio e sostentamento, avremmo condiviso le nostre conoscenze divine.

Tuttavia, questa idea si rivelò fallimentare.

Albione era la terra di divinità ostili e pericolose. Ce n'erano di tutti i tipi: dèi che brandivano torce come se volessero bruciare il mondo intero; enormi serpenti con la testa di ariete e occhi color fuoco; divinità oscure che si ammassavano vicino a sorgenti termali, che dormivano con le lucertole e mangiavano insetti; violenti dee simili a Furie che cavalcavano enormi mastini e si accoppiavano con bestie.

Queste divinità apprezzavano sopra ogni cosa il sangue, la stregoneria e la magia nera. Le loro leggi ci erano estranee, il loro codice di condotta impossibile da decifrare. Combattevano tra di loro e sembravano non avere una legge unica che governasse il loro cosmo. Perfino Zeus doveva inchinarsi davanti al volere delle tre Moire, o mantenere promesse fatte di fronte al fiume Stige, ma questi dèi erano ribelli senza onore. Facevano quello che volevano, quando volevano, senza rendere conto a nessuno. Dopo alcuni tentativi di stringere rapporti di amicizia, la maggior parte di loro ci ignorò, mentre alcuni ci perseguitarono.

Le mie sorelle Erato e Clio vennero ferite da un dio della guerra munito di corna. Un'altra divinità, che trascinava con sé una compagnia di uomini con le orecchie incatenate alla sua lingua, quasi uccise la povera Talia.

"È inutile!" disse Clio attorcigliandosi nervosamente una ciocca di capelli dopo l'ennesimo attacco da parte di una delle divinità native, un mostro con tre teste e quattro braccia armato di clave. "Questi dèi non hanno alcun interesse ad aiutarci, Calliope. Sono dei bruti assetati di sangue. Tutto quello che interessa loro è la distruzione e la guerra. Non abbiamo niente da offrirgli."

Aveva ragione. Quando mia madre ci aveva consigliato di trovare alleati, aveva immaginato che le divinità di Albione fossero simili a noi.

"Perché non torniamo a casa?" disse Polimnia, levando lo sguardo su di me, terrorizzata. "Non avremmo mai dovuto abbandonare la Grecia."

"No," proruppi. "La nostra patria sta bruciando, sorella. Non possiamo tornare indietro. Abbiamo bisogno di trovare un posto sicuro, lontano da questa follia."

Tutte quante mi si avvicinarono.

"Come proponi di riuscirci?" chiese Erato.

Le guardai una ad una. "Dobbiamo trovare una terra vergine priva di umani e delle loro divinità. Ascoltate. I mortali in Grecia colonizzavano nuove terre. Noi possiamo fare lo stesso; possiamo creare un nuovo inizio. Sarà più difficile iniziare da capo, ma ne varrà la pena."

"Penso che dovremmo separarci, allora," suggerì Clio, e un paio delle mie sorelle annuirono. "Ci vorrebbe meno tempo per trovare un rifugio."

"No." Le misi una mano sulla spalla. "Siamo più forti insieme, e possiamo proteggerci a vicenda. È la migliore possibilità che abbiamo di sopravvivere."

Non fu facile convincerle, ma alla fine ammisero che avevo ragione e iniziammo il lungo processo di trovare una nuova casa.

Eravamo sempre in viaggio, a guardarci le spalle, aspettandoci un attacco da un momento all'altro. Ci tenevamo alla larga da foreste, laghi e grotte, perché era lì che viveva la maggior parte dei demoni, delle fate e dei mostri che ci assalivano, ma questo non ci risparmiò diversi altri incontri. Ognuno ci portò sull'orlo dell'annientamento.

Scoprimmo in seguito che si era sparsa una voce: divinità straniere stavano cercando rifugio in Albione. Il dio che era riuscito a ferire Clio proclamò che il nostro sangue era magico, che poteva aumentare l'effetto di qualsiasi potere.

Diventammo prede: deboli, in inferiorità numerica e pronte a cadere.

Per disperazione ci dirigemmo verso un villaggio di pescatori all'estremità meridionale di quella regione, seguendo una storia che Erato aveva sentito ripetersi sulle labbra di molti viaggiatori. Gli abitanti parlavano di un'isola al largo della terraferma, mai toccata né da mortali né dagli dèi.

Secondo queste voci si trattava di un'isola antica e disabitata. Scoprimmo che i marinai della zona la chiamavano Avalon, 'l'isola delle mele,' perché là questi frutti crescevano tutto l'anno. Pochissimi dei marinai si avvicinavano all'isola perché la credevano maledetta. Da che cosa, non ci fu mai chiaro.

Impiegammo molto tempo per convincere un marinaio a portarci ad Avalon. Fui costretta a corromperlo con l'ultimo oggetto a cui tenevo, un regalo che mi aveva dato mio figlio Orfeo: la lira che usò per tentare di salvare sua moglie dall'Ade.

Dopo esserci assicurate un passaggio, sbarcammo sull'isola ma non trovammo alcuna maledizione ad attenderci, solo una terra selvaggia e abbandonata. Per la prima volta da quando iniziammo la nostra peregrinazione osammo sperare nella benedizione di un nuovo inizio.

Le mie sorelle ed io non perdemmo tempo e usammo i nostri poteri per benedire la terra di Avalon con una prosperità divina. Clio era stata amica del dio Pan, che le aveva insegnato a sussurrare agli alberi e ai campi per far crescere senza sforzo i prodotti della terra. Grazie a lei, l'isola iniziò a produrre uva e grano senza bisogno di seminare o arare.

Anch'io feci la mia parte. Grazie alla amicizia con Aristeo, avevo imparato il linguaggio delle api e lo usai per invitare dozzine di regine a costruire alveari su Avalon, così da avere miele degno degli dèi dell'Olimpo.

Plasmammo l'isola a nostra immagine e somiglianza, per ricordare cosa avevamo perso ma anche per celebrare cosa eravamo riuscite a preservare. Col tempo, decidemmo che era giunto il momento di cercare la compagnia di mortali, che per generazioni avevamo ispirato a compiere grandi imprese.

Un certo numero di poeti, scrittori e bardi vivevano ad Albione e li invitammo ad Avalon tramite sogni e visioni, dando loro istruzioni su come intraprendere il viaggio. In pochi anni accogliemmo i migliori artisti che Albione potesse offrire. Non solo artisti, ma anche persone che eccellevano in diversi mestieri: falegnami, maniscalchi e scultori. Li salvammo dalla povertà della loro patria, dalla malattia, dalla fame e dalla guerra. Su Avalon ebbero il tempo e la tranquillità di sviluppare le loro arti e vissero vite lunghe e felici.

L'isola delle mele divenne un'utopia di impareggiabile bellezza, un nuovo Olimpo ai confini di una terra barbarica.

## 3

## IL VUOTO TRA LE PAROLE

P assò molto tempo. Nuove generazioni di artisti sostituirono le precedenti. Io e le mie sorelle continuammo a salvarne dozzine dai molti pericoli che celava Albione. Nonostante questo dentro di me iniziò a crescere una silente inquietudine. Potevo sentire che mancava qualcosa. Mentre camminavo sulle rive di Avalon, affondando i piedi nella fine sabbia dorata fiancheggiata da alberi carichi di frutta, non vedevo altro che persone ben nutrite e soddisfatte attorno a me.

Ma che dire degli uomini e delle donne che non avevano i mezzi per raggiungere Avalon? Che dire delle madri che dovevano seppellire i figli a causa del perenne stato di guerra che infestava Albione, o dei contadini che erano costretti a piegarsi all'ingiustizia di predoni che rubavano i frutti del loro lavoro con un colpo di spada?

Più Avalon prosperava, più mi accorgevo del divario che c'era con Albione.

Mi tornarono in mente le parole di mia madre. Aveva riposto la sua fiducia in me, mi aveva detto di comportarmi come l'araldo della nostra cultura per ispirare giustizia e stabilità. E invece che cosa stavo facendo? Mi dilettavo nelle esibizioni di musicisti che intrattenevano me e le mie sorelle nel nostro sfolgorante palazzo di marmo.

Tutto questo doveva finire.

Convocai le altre muse e rivelai l'ultimo desiderio di Mnemosine. All'inizio si mostrarono titubanti; non riuscivano a capire che cosa avessi in mente. Il mio piano era di ispirare, attraverso i sogni, i condottieri in grado di cambiare le sorti della popolazione di Albione. Se avessimo trovato un modo di convincerli che era giusto portare pace e prosperità nella loro terra, se avessimo raggiunto i loro cuori con le nostre suppliche, avremmo potuto diffondere la prosperità di Avalon anche ad Albione.

"Non funzionerà, sorella," disse Clio, incrociando le braccia. "Non puoi parlare di seta ad un uomo che non ha mai visto altro che lana grezza. Non riuscirebbe a comprenderti."

"Sottovaluti questi uomini, Clio," le risposi con ostinazione. "Dobbiamo a nostra madre almeno un tentativo."

Onorare Mnemosine fu la ragione che le convinse, alla fine.

Nei giorni seguenti abitammo i sogni dei guerrieri, dei generali e dei conquistatori del paese, sperando di trovare qualcuno con una mente aperta, un condottiero che potesse dare ad Albione pace a stabilità.

Con il senno di poi posso vedere dove stavo sbagliando. Clio aveva ragione. Ho sempre sottovalutato il divario culturale che ci separava da questa terra. È stato uno dei miei errori più grandi.

Le persone che abitano la Britannia, così come i loro dèi, seguono valori diversi dai nostri, e poiché non capivano le idee che stavamo condividendo, non sapevano come decifrare i messaggi che gli mandavamo. Di conseguenza, il nostro desiderio di dar loro benessere si perse nel processo di traduzione.

"Forse non vogliono la prosperità che gli offriamo," disse mia sorella Melpomene, quando l'ennesimo tentativo di comunicare fallì. "Forse si accontentano di essere costantemente in guerra."

"Sono selvaggi, Calliope," intervenne Talia con voce sprezzante. "Che cosa ti aspettavi? Che scodinzolassero come cani desiderosi di obbedire? Non capisci? Se lanci delle gemme ai maiali soffocheranno cercando di ingoiarle."

Tutte le muse risero a quella battuta.

"Questa non è una delle tue commedie, Talia," dissi, frustrata. "Centinaia di persone muoiono ogni giorno a poche leghe dalle nostre spiagge. La guerra gli ha portato via tutto."

"La guerra, mia cara, è il loro passatempo preferito," disse Talia, mentre si lisciava i capelli color ebano. "E se ancora non l'hai capito, sei molto più stupida di quanto pensassi. Venite, sorelle," fece un cenno alle altre. "Ci sono modi migliori di impiegare il nostro tempo."

"Talia!"

Mia sorella si girò e sostenne il mio sguardo.

"Ti ho parlato del desiderio di nostra madre," dissi. "Vorresti forse che lo ignorassi? Cosa vuoi che faccia?"

Talia scrollò le spalle, gettando uno sguardo sprezzante alla nebbia che copriva le coste di Albione. Poi i suoi occhi color ferro tornarono su di me e disse, "Lasciali giocare."

Ciò detto, se ne andò assieme alle altre.

Nessuna di loro mi aiutò dopo quel giorno. Tornarono a praticare le loro arti, concentrandosi sulla ricchezza di Avalon e sul benessere dei suoi abitanti.

Ma io non potevo arrendermi, non dopo la promessa fatta a nostra madre. Era mio dovere fare qualcosa per questo paese diviso e in tumulto, intrappolato in un'età oscura.

Frustrata dai miei fallimenti, allargai la portata del mio richiamo e toccai le menti nei confini più reclusi del paese. Non limitai i miei sogni ai guerrieri e ai conquistatori, ma inizia a toccare le menti di persone che avevano una luce speciale che li distingueva da tutti gli altri. Druidi, streghe, negromanti e maghi. Mi soffermai su di loro, comunicando tramite immagini, sensazioni e odori.

Per interminabili giorni spesi le mie energie in questo compito, mentre le mie sorelle suonavano flauti e si rimpinzavano di mele e di miele.

Il tempo passò, ma non ebbi alcuna risposta.

Dopo mesi trascorsi a prosciugare i miei poteri, cercai la solitudine della mia camera.

Le lacrime che bagnarono le mie labbra avevano un sapore amaro. Il sapore della sconfitta.

Non volevo dormire. Non volevo mangiare. Ogni giorno mi tornavano alla mente le parole di Mnemosine: "*Possa la tua giustizia benedire le terre barbare che chiamerai casa e portare stabilità e cultura lungo la strada.*" Quella frase divenne un coltello che mi trafiggeva a ogni respiro.

Camminai in silenzio lungo i corridoi candidi del palazzo alla ricerca di una soluzione, mentre la mia frustrazione si trasformava in disperazione.

Ero sul punto di arrendermi, quando una barca approdò ad Avalon nel cuore della notte. Dal capitano del porto ricevetti notizia che un passeggero aveva chiesto udienza.

## 4

## L'INCANTATRICE DI DUE MONDI

"È una donna, mia regina," disse il capitano, inchinandosi. "È impaziente di conoscerla, e porta notizie. Ha chiesto di parlarle da sola."

"Portala da me."

Ero seduta sul trono di bronzo quando le porte della sala furono aperte. Una donna si fece avanti camminando con lunghe falcate. Era alta e snella, vestita con una lunga tunica color nebbia. I suoi capelli erano lunghi e lucenti e le cadevano oltre le spalle in una cascata di sfumature marroni. Quando mi raggiunse, si mise in ginocchio, una mano poggiata sul petto in un saluto formale.

"Mi rallegro della tua fulgida presenza Calliope, Musa dell'Eloquenza e della Poesia Epica." La donna parlò fluentemente in alto ellenico, la lingua degli dèi dell'Olimpo. "Mi chiamo Morgana. Ho ricevuto il tuo messaggio in sogno. Vengo da te con umiltà e rispetto, per servirti."

"Benvenuta nella mia dimora, Morgana," dissi, facendole segno di alzarsi. "Sono sorpresa. È strano sentire la mia lingua parlata così bene da una straniera."

"Ho viaggiato in lungo e in largo in Grecia, mia signora.

Ho vissuto nella culla della democrazia per lunghi anni e ho imparato molte cose dalle grandi divinità del sud."

"Qual è l'arte che servi, Morgana?"

"Sono un'incantatrice. Con i miei poteri posso cambiare l'aspetto di oggetti e di persone."

Appena ebbe finito di pronunciare l'ultima parola la sua tunica cambiò colore, passando da grigio a bianco perla, abbinandosi al marmo del pavimento.

Aggrottai la fronte. "Parli di stregoneria."

"Non è forse anche quella una forma d'arte, saggia tra le muse?" Morgana agitò una mano, facendo comparire una pianta rampicante rosso fuoco attorno a una delle colonne. "La stregoneria è il modo in cui i miei simili trasformano la natura. Con questi poteri, cambiamo il volto alle cose, presentandole sotto una luce diversa."

"Perdonami, Morgana, ma non conosco questo tipo di magia."

"Dimmi, conosci la maga Circe?"

Sbattei le palpebre nel sentire quel nome. "La strega di Aiaia, figlia di Elios? Sì. Ne ho sentito parlare."

"I miei poteri sono simili ai suoi."

"Parli della mia gente come se la conoscessi."

"Sono stata una discepola della grande dea Ecate, che mi ha insegnato i rudimenti della stregoneria e mi ha dato una conoscenza approfondita di erbe, funghi magici e piante velenose. Ho parlato con molti semidei e divinità prima della Grande caduta dell'Olimpo. Me ne sono andata quando le ceneri erano ancora calde."

Sentii i battiti del cuore accelerare. Erano passati anni dalla mia fuga. Forse questa Morgana sapeva qualcosa sulla mia terra che io ignoravo. "Sai se alcune divinità sono sopravvissute?"

Morgana chinò il capo. Agitò di nuovo la mano e la

pianta rampicante scomparve. "Mi dispiace, mia signora. Da quel che so, restano solo ceneri."

Rimasi a lungo in silenzio, sentendo il peso delle parole di Morgana soffocarmi. Ero rimasta ad Avalon così a lungo che mi ero quasi dimenticata della mia terra natia. Forse sarei potuta tornare indietro e aiutare i miei simili.

Morgana si accorse della mia espressione. "Non avresti potuto fare nulla," disse in tono pacato, come se fosse riuscita a leggere i miei pensieri, "ma hai il potere di cambiare le cose qui nel nord, se lo desideri. Ho ascoltato la tua richiesta e sono venuta ad assisterti."

"Pensi di potermi aiutare?"

"Nella mia presunzione, credo di sì."

"Dunque, che cosa suggerisci? Che cosa faresti per risolvere il problema che tormenta questa terra?"

Morgana mi guardò assorta per un attimo, quindi disse: "La tua natura divina ti consente di parlare le molte lingue dei mortali, ma questo potere vale poco se non sai come esprimerti. Conoscere una lingua e comprendere la cultura che l'ha forgiata sono due cose diverse. Queste persone non sono persuase dal modo in cui pensi, Calliope. I tuoi valori gli sono estranei. Quella che sembra una buona azione per te potrebbe essere percepita come un atto di debolezza da loro."

"Da che cosa credi siano persuasi?"

"Da valore e coraggio," rispose l'incantatrice. "I Britannici non sono ispirati da opere d'arte o da discorsi sofistici. No, sono mossi da grandi gesta compiute brandendo una spada."

"Dimmi, Morgana. Perché vuoi aiutarmi?"

"Perché sono convinta che i tuoi intenti siano puri. Guardo a quello che hai fatto qui ad Avalon con meraviglia e rispetto e spero che tu possa riuscire a farlo anche in

Britannia. Potresti salvare molte vite. Questo è il motivo per cui voglio aiutarti."

Guardai Morgana e per la prima volta da quando ero giunta ad Avalon percepii speranza. L'incantatrice aveva le risposte che cercavo. Il fatto che avesse vissuto in Grecia la rendeva ancora più preziosa. Poteva fungere da ponte tra la mia cultura e le persone che vivevano ad Albione.

Mi alzai dal trono e la abbracciai, rendendola in questo modo la mia ospite d'onore. "Siediti accanto a me, Morgana, e dimmi di più sugli uomini e gli dèi di questa terra."

Ed è così che Morgana divenne la mia consigliera.

## 5

## UNO ZEUS TRA I MORTALI

Morgana rimase sempre al mio fianco, condividendo le sue conoscenze e rispondendo a tutte le mie domande.

Mi convinse che l'unico modo per capire davvero una cultura è diventarne parte. Mi suggerì di dormire nel bosco, di notte, con solo un mantello come coperta e uno straccio piegato sotto la testa come cuscino, per provare l'insicurezza di non avere un tetto sopra la testa, per assaporare i pensieri che il vento freddo insinua nei tuoi sogni quando l'unico riparo a disposizione sono i rami di un albero. Mi incoraggiò a mangiare cibo nordico che non aveva mai toccato la mia bocca: merluzzo essiccato, aringhe salate e diverse varietà di pesce affumicato. Mi mise davanti zuppe e stufati composti di mandorle, formaggi con un odore penetrante e fagioli e cereali dalla forma strana e dal sapore pungente.

Le mie sorelle non riuscivano a capire che cosa stessi facendo. Si chiedevano per quale motivo sprecassi tempo in una causa persa, e soprattutto perché mi portassi appresso una donna che odorava di muschio e che parlava con le bestie.

I barbari non potevano essere salvati, ripetevano con risolutezza. Ero una sciocca a continuare ad ostinarmi.

Non mi importava di loro, dei loro sguardi taglienti e dei loro sorrisi beffardi mentre mi vedevano camminare sull'isola vestita con degli stracci, per sentire il corpo esposto agli elementi. In cuor mio ero dedita alla mia causa e sapevo che Morgana mi avrebbe dato le risposte di cui avevo bisogno per creare un piano che avrebbe funzionato.

"Britannia," mi corresse l'incantatrice mentre stavamo superando il giardino del palazzo. "Non Albione, mia signora. Pochi capirebbero che cosa intendi se usi quel nome."

"Britannia," ripetei, annuendo. "Dimmi di più sui britannici, sui gallesi e su Inis Ealga. Parlami dei Pitti e degli Scozzesi, dei capi locali e dei monaci eremiti. Dimmi tutto quello che sai."

Morgana obbedì. Passavo più tempo con lei che con tutte le mie sorelle messe insieme.

Tre mesi dopo il suo arrivo nell'Isola delle Mele, Morgana mi diede un regalo, un pacco avvolto in foglie d'acero legate da un filo d'oro.

"Che cos'è?" chiesi.

"Aprile."

A prima vista, sembrava un vestito. Lo estrassi dal contenitore, soppesandolo. Era leggero ma robusto. Sembrava fatto di conchiglie e odorava di acqua di mare. Era verde, con rifiniture in argento. Solo allora capii che non era affatto un vestito.

"Un'armatura?" dissi, sbattendo le palpebre.

"Un abbigliamento degno della Musa di Avalon," disse Morgana. "L'ho fatto fare da uno dei migliori druidi silvani. È intriso di magia. Ti manterrà al fresco sotto il sole e al caldo quando la temperatura scende. Un guerriero indossa sempre indumenti protettivi perché la lotta non è mai lontana e la morte è in agguato dietro ogni angolo. L'armatura è come una seconda pelle per loro. La tua gente camminava scalza o con sandali, e indossava vestiti di seta. La Britannia è molto diversa. Indossando questo abbigliamento, indossi una parte della nostra cultura."

L'armatura era robusta, ma comoda da indossare. Quando mi guardai allo specchio non sembravo fragile e indifesa, ma orgogliosa e regale.

"Come ti senti a indossarla?"

"Mi sento strana."

Morgana mi guardò per un lungo momento. Alla fine disse, "Mia signora, non sei costretta a…"

"No," la interruppi. "Mi onori con questo regalo. Ti sono grata."

Indossai l'armatura sopra la mia tunica. La portavo con me quando camminavo e quando andavo a coricarmi. Volevo sapere come ci si sentiva a indossare un indumento del genere, specialmente se poteva aiutarmi a capire lo stile di vita dei nordici.

Arrivò il giorno in cui Morgana mi parlò degli dèi che avevamo incontrato al nostro arrivo ad Albione.

"Non sono affatto sorpresa che vi abbiano dato la caccia," disse l'incantatrice. "Le nostre divinità sono territoriali, violente e guerrafondaie. Non c'è niente come l'Olimpo in questa regione. Non abbiamo un dio come Zeus che si faccia garante dell'ordine. C'è solo un vuoto di potere che attira l'anarchia. Il mondo dei mortali è una proiezione di questo caos. Quello che chiami Albione non è un paese, ma un insieme di tribù e clan che si combattono a vicenda."

"Non si può costruire stabilità con un pensiero simile che adombra tutto il resto."

"Un'affermazione saggia, mia signora."

"Che cosa faresti tu per costruire un paese stabile, Morgana? Un luogo che garantisca sicurezza e prosperità?"

L'incantatrice sembrò pensosa per un momento, poi disse, "Darei loro un comandante."

"Un comandante," ripetei. "Intendi dire un capo? Uno Zeus tra i mortali?"

Morgana sorrise. "Non saprei, mia signora. Non esiste un uomo simile in Britannia."

"Non ancora," dissi.

"Ammiro il tuo spirito d'iniziativa," disse la mia consigliera. "Credo davvero che il tuo intento sia onorevole, ma ..." s'interruppe, gli occhi persi, come se seguisse il fantasma di un pensiero senza poterlo afferrare.

"Parla." Le feci cenno di continuare. "Che cosa stai pensando? Che sto inseguendo una fantasia? Un'illusione?"

"Credo che tu stia cercando di tessere un piano molto audace," disse lei soppesando ogni parola. "Hai fatto molto qui ad Avalon. Forse per il momento puoi accontentarti di ciò che hai ottenuto."

"Non posso starmene a guardare centinaia di innocenti morire mentre noi ci laviamo in acqua cristallina e ci crogioliamo al sole. Le mie sorelle hanno ragione; c'è egoismo e barbarie al di là dello stretto, ma c'è anche valore e coraggio. Questi mortali hanno bisogno di un condottiero in grado di unirli."

Morgana fece un vago cenno della testa, ma non aggiunse altro.

"Che cosa stai pensando?"

"Potrebbe esserci un modo," disse, non senza esitazione. "Ma è rischioso."

"Vai avanti."

"Abbiamo bisogno di un simbolo di potere. Qualcosa

che abbia un valore nell'immaginario collettivo. I britannici si radunerebbero attorno a un simbolo del genere."

"Un simbolo di potere." Riflettei su tutto quello che avevo imparato da Morgana sulle tribù, sui clan e sui condottieri di quelle terre, sulla storia forgiata da battaglie e da atti di coraggio. In Britannia gli uomini trattavano la morte come un'amante con cui potevano giacere alla fine di ogni giornata. Questo diceva molto su di loro.

*Cos'è che provoca la morte?* mi chiesi. Malattie, carestie, il capriccio degli dèi. Ma cos'è che questi umani controllano? Che cosa rispettano? Un rito? Una storia? Un oggetto?

In quel momento nacque un'idea.

"Un'arma," dissi, pensando ad alta voce.

"Mia signora?"

Mi voltai verso l'incantatrice. "Che ne dici di una spada?"

"Una spada," Morgana inspirò lentamente, lo sguardo fisso sull'orizzonte. "È certamente qualcosa che chiunque rispetterebbe. Simboleggia potere e controllo, ma anche sovranità e giustizia."

"Allora è deciso," dissi, alzandomi in piedi. "Daremo loro la spada più gloriosa che abbiano mai visto."

## 6

# LA SPADA NELLA ROCCIA

Convocai il miglior fabbro e gli feci forgiare la spada. Per tre giorni e tre notti lavorò senza sosta, e per tutto il tempo gli stetti vicino, ispirandolo come avevo fatto con Omero e Virgilio e altri artisti nel corso della storia. Il fabbro si rivelò essere molto esperto; aveva forgiato dozzine di spade per conto di principi, re e imperatori, ma l'arma che mi presentò alla fine della terza notte d'incessante lavoro era qualcosa che andò oltre ogni mia rosea previsione.

"Ecco, mia regina," disse, inginocchiandosi mentre mi porgeva la spada. "Le consegno il miglior lavoro che le mie mani abbiano mai forgiato."

E lo era, senza alcuna ombra di dubbio.

"È stupefacente," disse Morgana, guardando l'arma con stupore. "Questa è davvero una spada degna di una leggenda."

Presi l'arma maestosa e guardai il mio riflesso sul metallo grigio-blu della lama; i miei lunghi capelli biondi, la pelle chiara, gli occhi verdi e le labbra carnose. La spensieratezza che mostravo quando vivevo in Grecia era scomparsa.

Sembravo ancora giovane, ma linee profonde mi assediavano gli occhi e increspavano la fronte. Mi girai verso la mia consigliera. "La spada ha bisogno di un fodero di pari valore."

Il fodero lo creai io stessa, e quando fu completato, chiesi a Morgana di usare la sua magia, descrivendole che cosa avevo in mente.

"Il fodero avrà il vero potere," le confidai. "Sarà in grado di prevenire la morte da qualsiasi ferita causata da un'arma."

"Perché il fodero, mia signora?" chiese Morgana, perplessa. "Perché non la spada?"

"Chiunque penserebbe che la spada sia l'oggetto più prezioso. In realtà, il valore sta nelle cose che non ci aspettiamo. Abbi fede; questo aiuterà a dividere i degni dagli indegni."

"Devo ammettere che sono due opere magnifiche."

"Guardale meglio, Morgana. Questi sono solo strumenti necessari al nostro obiettivo. Ora abbiamo bisogno che le trovi l'uomo giusto."

"Sì, mia signora."

"Sei titubante," dissi, cogliendo l'esitazione sul suo volto. "Cos'è che ti preoccupa?"

"Ora arriva la parte rischiosa," disse Morgana, evitando il mio sguardo. "Hai ancora fiducia nel tuo piano?"

"Ne abbiamo già discusso. Sappiamo entrambe che per scegliere un uomo degno, abbiamo bisogno di un modo efficace di giudicarlo. *Io* rappresento quel modo."

"Capisco." Morgana annuì con aria pensierosa. "Ascolta. Posso trasformarti nello spirito che risiederà nella spada, Calliope, ma devi capire che una volta lanciato il mio incantesimo, niente lo annullerà, tranne l'uomo che stai cercando."

"Correrò il rischio. Le persone stanno morendo mentre parliamo. Dobbiamo agire."

"Come desideri." Morgana guardò l'arma. "Questa spada ha bisogno di un nome. Qualcosa che diffonda meglio la sua leggenda. Come la chiamerai?"

La spada stava scintillando nelle mie mani, l'impugnatura era fredda al tocco. "Lascia che sia la gente della Britannia a decidere il nome della leggenda."

Morgana s'inchinò. "Una scelta davvero saggia."

"Hai già trovato un luogo adatto?"

"Sì, mia signora. Si tratta di una montagna nel mezzo di una terra desolata dove sopravvivono solo scorpioni e serpenti."

"Bene. Lancia i tuoi incantesimi sulla montagna," ordinai. "Rendi la scalata degna di una canzone. Io divulgherò la storia della spada nella roccia. Quando avrò finito, avremo centinaia di guerrieri desiderosi di estrarla, eroi che accorreranno dai quattro angoli della Britannia. Uno di loro si rivelerà il condottiero che stiamo cercando."

Il giorno successivo ordinai ai più veloci esploratori di Avalon di viaggiare nelle terre del nord per diffondere la storia. Colui che estrarrà la spada, dissi loro, diventerà il re di una nazione. Quest'uomo avrebbe prima dovuto dimostrare valore raggiungendo la cima di una montagna, poi provare acume risolvendo un enigma, e infine spirito di sacrificio estraendo l'arma.

Quello che stavo cercando era un guerriero con il cuore di un poeta e il multiforme ingegno di Ulisse. Solo un uomo del genere poteva avere successo, l'esempio per eccellenza di ciò che veniva rispettato in questa terra: valore, intelligenza e coraggio.

Meno della metà degli uomini che mandai in Britannia

per diffondere la notizia tornarono ad Avalon. I sopravvissuti esibivano vestiti laceri e numerose ferite.

"Cosa è successo al resto dei messaggeri?" chiesi al caposquadra.

"Abbiamo sparso la voce, mia regina, come hai ordinato. La terra oltre lo stretto è nel caos. Una moltitudine di guerrieri sta arrivando dalla Germania. Parlano una lingua incomprensibile e uccidono chiunque gli si pari davanti con enormi asce da battaglia."

"Guerrieri della Germania, dici? Come si chiamano?"

"Si chiamano Sassoni, mia regina."

Guardai Morgana, seduta sulla sedia accanto alla mia. "Sono guerrieri pericolosi e assetati di sangue, Calliope," disse, scuotendo la testa. "Forti e orgogliosi. Se intendono invadere la Britannia, temo che non rimarrà molto quando avranno finito."

Mi rivolsi al messaggero. "Quanti sono?"

"Abbastanza da coprire di sangue l'intero paese."

"Dobbiamo accelerare il nostro piano," dissi. "Ora più che mai la Britannia ha bisogno del suo eroe."

Lasciammo Avalon quella sera stessa, senza cerimonie, e senza nemmeno farlo sapere alle mie sorelle.

Morgana mi portò in cima alla montagna che aveva scelto come residenza della spada.

"Il primo contendente sta scalando la montagna proprio adesso, Calliope," disse, guardando verso il basso.

"Bene." Osservai la spada che era già stata spinta all'interno della roccia, a pochi passi dal fodero. "Sono pronta. Usa la tua magia."

Morgana chinò la testa e allargò le braccia. "Come comandi, mia signora."

Sentii un vento gelido sfiorarmi il volto, poi i miei piedi si staccarono dal suolo e persi la cognizione del tempo.

Chiusi gli occhi e quando li riaprii stavo guardando il mondo attraverso la spada. *Ero* la spada.

Ma c'era qualcosa di strano. Avevo chiesto a Morgana di darmi la possibilità di abbandonare la spada per brevi periodi, ma mi scoprii incapace di muovermi.

"Devo dirti la verità," disse Morgana, sistemandosi una ciocca di capelli dietro l'orecchio, "non posso credere che tu ci sia davvero cascata. Le tue sorelle avevano ragione. Sei davvero una stolta." Il suo sorriso soddisfatto la faceva sembrare una persona diversa. "Non esiste un uomo come quello che cerchi, Calliope. Ora che sei prigioniera della spada, il tuo trono è mio."

Le sue braccia disegnarono forme nell'aria, e il suo aspetto iniziò a cambiare. I capelli sciolti divennero una treccia, la pelle divenne più chiara e gli occhi assunsero un colore verde smeraldo.

"Come ti sembro? Meglio dell'originale, non è vero?" Morgana mi schernì, imitando la mia voce. "Le altre muse non noteranno mai la differenza. Ho imparato molto su di te nei mesi in cui mi hai ospitato. Ma non disperare, Calliope. Hai mostrato gentilezza accogliendomi ad Avalon come un'amica, e ora ricambierò. Mi sono assicurata che il tuo soggiorno sia confortevole. Ho fatto in modo che i tuoi sensi rimangano vigili: olfatto, vista, udito e tatto. Sarai in grado di vedere e sentire il mondo intorno a te. Purtroppo, non sarai in grado di parlare o di abbandonare la spada. Ma se un uomo con le qualità che cerchi ti estrarrà dalla pietra, sarai libera. Visto? Sono stata magnanima."

"Perché lo hai fatto, Morgana?" dissi, sapendo che poteva ascoltarmi con la mente.

"Perché?" ripeté lei, aggrottando la fronte. "Ancora non capisci? Questa non è la Grecia. Gli audaci prendono quello che vogliono dai deboli e smidollati come te. Non c'è posto per la tua specie qui. Meriti di essere imprigionata in quella spada. Questa montagna sarà la tua tomba."

"Che cosa mi dici dei Sassoni? Massacreranno migliaia di persone. Non hai un briciolo di pietà per le donne e i bambini che moriranno?"

"Non lo hai ancora capito, Calliope? Per gli uomini non esiste arte più bella della guerra, e io sono la sua musa."

Morgana scomparve in un lampo di luce.

Per ore e ore cercai di abbandonare la spada. Provai a usare i miei poteri per annullare il sortilegio di Morgana, ma non servì a niente.

Non è passato un solo giorno, da allora, che non mi sia pentita della mia scelta.

Sono rimasta su questa montagna per chissà quanto tempo. Quella che era iniziata come una ricerca piena di speranza è diventata una causa persa.

Morgana aveva ragione. Non esistono uomini puri di cuore in Britannia. C'è solo avidità e brama di potere.

Mi duole ammetterlo, ma la verità è difficile da negare: questa terra è senza speranza e destinata alla rovina.

## 7

# IL CERCATORE NELLA NOTTE

È passato molto tempo dall'inganno di Morgana. So bene che senza la stabilità che desideravo, le persone stanno soffrendo. I Sassoni hanno con ogni probabilità continuato il massacro. Non solo non sono stata in grado di condividere la mia cultura e di portare stabilità, ma ho accolto una serpe nel mio seno, affidandole la mia vita e la vita di tutti i Britanni.

Ora non c'è niente che possa fare, tranne sperare che ci sia davvero un uomo in grado di unire la Britannia e combattere gli invasori. Qualcuno che mi liberi da questa prigione.

La luna è una falce d'argento incastonata nel cielo. L'aria notturna è frizzante e silenziosa. Mi chiedo cosa stiano facendo le mie sorelle. Stanno bene? Il tradimento di Morgana le ha fatte soffrire? Domande su domande assalgono la mia mente e riempiono il mio cuore di terrore.

Mi accorgo del ronzio crescente solo quando vedo l'ape avvicinarsi alla mia posizione. Sposto la mia attenzione sull'insetto.

"Saluti, piccola amica." L'insetto si posa sull'elsa. "Che notizie mi porti?"

Le api sono l'unica compagnia che mi è rimasta. Hanno reso il mio lungo isolamento in qualche modo più sopportabile.

Il corpo giallo e nero dell'insetto vibra, rispondendo alla mia domanda.

"Un piccolo gruppo di uomini, dici? Accampato non lontano da qui? Saranno mercenari venuti a tentare la fortuna. Ne abbiamo avuti parecchi nelle ultime settimane, non è vero? Oh, c'è qualcos'altro?" Aspetto che l'ape smetta di muoversi. "Sei sicura? Qualcuno sta scalando la montagna? *Adesso?*"

L'insetto vibra in segno di assenso, le piccole ali un luccichio color perla che riflette il chiaro di luna.

"Non può essere. Solo un pazzo scalerebbe la montagna a quest'ora."

L'insetto fa vibrare di nuovo le ali, questa volta facendomi notare qualcosa che mi era sfuggito.

"Hai ragione." Sono sorpresa che non ci abbia pensato prima. "Tutti gli scorpioni e i serpenti stanno dormendo a quest'ora. Ciò non toglie che sia più facile inciampare nell'oscurità, o perdere la presa mentre si sta scalando. Mi chiedo che cosa spinga questo cercatore a rischiare la vita in questo modo."

Una parte di me si aspetta di sentire da un momento all'altro il tonfo di un corpo che si schianta, ma l'unico rumore lo provoca il vento che s'insinua tra le crepe della roccia.

Passa un'ora, poi due, ma non succede nulla. Finalmente intravedo un movimento dall'altra parte dello spiazzo. Una mano afferra il pendio, ed emerge una testa. Lo scalatore fa un ultimo sforzo per tirarsi su e finalmente rotola sano e salvo su un fianco. Ora respira affannosamente, la schiena a terra e il petto che si alza e si abbassa velocemente.

L'arrampicata deve essergli costata tutte le forze. Il temerario rimane disteso a lungo, poi fa leva su un gomito e si alza con uno sforzo evidente. È difficile vedere i suoi lineamenti nell'oscurità. Tutto quello che posso distinguere al chiaro di luna è che sembra molto più basso della maggior parte dei guerrieri che ho visto finora.

Il nuovo venuto si guarda attorno, posando lo sguardo su di me solo per una manciata di secondi. Alla fine si siede per terra, prende qualcosa dalla sua sacca da viaggio e comincia a mangiare. Non accende un fuoco, nonostante la notte sia fredda. Anche se indossa una pelliccia lo vedo tremare.

Mentre lo studio, immersa nei miei pensieri, sento una melodia ergersi e sfidare il silenzio. Lo sconosciuto sta intonando una canzone. La sua voce è lenta e armoniosa, carica di malinconia.

La mia curiosità non fa che aumentare. Se il dio Elio fosse qui, gli chiederei di salire sul suo carro e portare con sé il sole il più velocemente possibile, così che possa vedere meglio chi è quest'uomo.

La melodia si interrompe quando il nuovo venuto si sdraia sul mantello. Il suo respirare lento e costante mi suggerisce che si è addormentato.

Dovrò aspettare l'arrivo del giorno per avere risposte.

## 8

# IL PREZZO DELLA GIUSTIZIA È ROSSO SCARLATTO

Il misterioso avventuriero dorme fino a quando il primo accenno di sole disegna sull'orizzonte una pennellata di luce dorata.

Il cielo è ricco di nuvole, ma non sono abbastanza per minacciare il mondo con la promessa di pioggia. Il vento trasporta l'odore acre del fumo, proveniente da qualche parte della vallata.

Quando il sole si leva dall'orizzonte e benedice la cima della montagna, il cercatore si desta.

Sembra poco più che un ragazzo, probabilmente il più giovane pretendente a estrarre la spada che abbia mai visto. Non sono mai stata brava a stabilire l'età dei mortali, ma ipotizzo che abbia quindici, forse sedici anni. Ha una carnagione chiara, e i capelli sono dello stesso oro della prima luce del giorno.

Il giovane rovista nella sacca da viaggio e tira fuori qualcosa. Il vento mattutino mi suggerisce che sta facendo colazione con merluzzo affumicato e formaggio.

Mentre mangia, lo sento canticchiare una canzone, e questa volta riesco a cogliere alcune parole. Sono sorpresa di scoprire che sta cantando in latino. La mia curiosità non fa che aumentare. Roma è caduta molto tempo fa e questo giovanotto non ha la pelle olivastra e gli occhi scuri così comuni negli eredi dell'impero dell'aquila. Potrebbe essere un nobile di origini miste romano-britanniche, eppure il suo aspetto suggerisce sangue nordico. Studio i suoi vestiti. Sotto la pelliccia indossa una giacca di lana. Sulla cintura porta due piccoli sacchi di cuoio e un coltello con una lama lunga e sottile. Un drago rosso è cucito sul suo mantello. Il simbolo attira il mio sguardo più di ogni altra cosa. C'è un messaggio da decifrare nel suo abbigliamento, ma non ho abbastanza informazioni per fare altro che tessere ipotesi.

L'unica cosa certa è che il ragazzo sembra poco interessato alla spada nella roccia. Si concentra piuttosto nell'ispezionare la spianata e spende del tempo per studiare il fodero. Si ferma davanti alle parole che ho fatto incidere nella roccia e fa qualcosa che hanno fatto in pochi prima d'ora: legge con attenzione.

'*Estraimi da questa roccia, avventuriero, pagando il dovuto in valore anziché in forza. La gloria imperitura è portata tosta all'uomo che paga la dea della giustizia con la moneta scarlatta.*'

Il giovane legge l'enigma più volte. Solo quando le sue labbra hanno ripetuto la frase una mezza dozzina di volte, finalmente si gira a guardarmi.

I suoi occhi verdi studiano la spada, come se cercasse di svelare un grande mistero.

"Salve, gloriosa spada nella roccia." La sua voce è sicura, e lo fa apparire più maturo di quello che credevo. "Ho sentito una collezione infinita di storie sul tuo conto. Devo ammettere che avevano tutte ragione: sei davvero la spada più maestosa che esista."

Per pochi battiti di cuore sono convinta che le sue mani si chiuderanno intorno all'impugnatura, invece mi sorprende. Raccoglie da terra una piccola pietra delle dimensioni di una moneta, poi si siede a gambe incrociate a pochi passi di distanza. "Il leggendario guerriero Tobia detto l'Empio ha cercato per due giorni e due notti di tirarti fuori da questa montagna, fallendo miseramente." Si rigira la pietra nel palmo della mano, poi la lancia per aria e la prende al volo. "Tobia ha il doppio dei miei muscoli e il triplo della mia forza. Questo mi fa pensare che dovrei risparmiare il fiato e lavorare con il mio cervello, se voglio averti." I suoi occhi vagano verso l'orizzonte. Le nuvole si spostano verso est e per qualche tempo il giovane le osserva senza aggiungere altro.

"Ma allora che dire di Cameron, l'astuto ladro gaelico?" riprende, posando nuovamente gli occhi su di me. "Anche lui ha provato a estrarti e ha fallito. Ho sentito dozzine di storie sul suo conto. Sembra che sia talmente scaltro che potrebbe rubare il tuorlo di un uovo senza rompere il guscio."

Il giovanotto si alza e inizia a camminarmi attorno come un leone che valuta la sua preda. "Sai cosa penso? Penso che non importa cosa ci hai fatto credere per tutto questo tempo. Tu non sei un enigma, spada nella roccia. Sei un nodo gordiano."

Fa rotolare la pietruzza sulle nocche e usa il pollice per spingerla sul dorso, poi usa il dito medio per portare un lato della pietra verso il basso in modo che l'oggetto continui a muoversi.

"Longevo il Saggio, Dughall, detto Petto di Ferro, Godwin il Tempestoso, Asmund Cuore di Ghiaccio." Pronuncia ogni nome con riverenza, come farebbe un bardo mentre nomina gli eroi di una canzone epica. "La lista è molto lunga. Hai battuto gli uomini più forti e brillanti che il mondo ha da offrire. Sembra davvero che tu non voglia essere estratta da quella pietra, non è vero?"

*Certo che voglio essere estratta, moccioso insolente,* rispondo stizzita, anche se so che non può sentirmi. *Tirarmi fuori da qui è il punto dell'intera faccenda!*

Ma devo ammettere che le sue parole mi fanno riflettere. Ho forse reso questa prova troppo difficile? E se mi fossi spinta troppo in là, basando il mio piano su una fantasia irrealizzabile? Questo ragazzo forse mi sta mostrando qualcosa che è chiara a tutti, tranne che a me.

*Stolta.* Così mi ha chiamato Morgana. E forse aveva ragione.

"Tu esigi valore e forza," riprende il giovane. "Pretendi saggezza e spirito di sacrificio. E in cambio non offri altro che un nebuloso enigma." Copre la distanza che ci separa. "C'è un solo sacrificio capace di dimostrare senza ombra di dubbio la risoluzione di un uomo per la causa della giustizia. E questa risoluzione non può essere provata da qualcuno che pensa che scenderà vivo da questa montagna."

La sua espressione si fa cupa. Si guarda le mani; i muscoli delle sue braccia sono visibilmente tesi. "Vuoi che l'altare della tua gloria sia bagnato di rosso?" Il suo volto impallidisce, come se il sangue lo avesse disertato. "Così sia!"

Con un movimento talmente veloce che fatico a vederlo preme il polso sul bordo affilato della spada. Le sue vene si aprono, e il metallo viene battezzato con il suo sangue.

Il ragazzo respira a denti stretti, gli occhi semichiusi per il dolore. Con la mano sana afferra l'elsa della spada e tira con tutte le forze.

Un suono acuto riverbera sulla pietra, simile alla punta di una lancia che sbatta contro un muro di marmo. Sento la parte inferiore della spada riflettere la luce del sole per la prima volta dopo anni di oscurità.

Il cercatore alza la spada al cielo con un grido trionfale, e il metallo risplende come una fulgida stella.

In quello stesso istante avverto una forza senza nome afferrarmi il petto, e mi sento spinta fuori dall'arma. Quando riapro gli occhi, mi accorgo di essere tornata nel mio corpo divino.

Il giovane indietreggia velocemente, quasi inciampando sui suoi passi. "Tu... Tu chi sei?" Per un momento la sorpresa sembra fargli dimenticare la ferita mortale. "Sei la Vergine Maria? Sono... sono forse morto?"

"Non sono una vergine," gli dico, alzandomi da terra. "Il mio nome è Calliope."

"Calliope? Da dove salti fuori?"

Indico la spada nella roccia. "Ero intrappolata lì dentro."

"Che cosa? Come è possibile..." Ma non finisce di pronunciare la frase. Cade per terra come un sacco di pietre. I suoi occhi mostrano una porzione pericolosa di bianco.

"Mettiti addosso quel fodero," lo esorto, sapendo che l'incantesimo di Morgana mi proibisce di aiutarlo. "T'impedirà di sanguinare a morte."

Il giovane getta uno sguardo verso la custodia della spada. "Che cosa? Vuoi dire quel... quel fodero?"

"Ne vedi altri? Forza, prendilo!"

Mi guarda con un misto di stupore e indecisione, ma alla fine si trascina verso il fodero e lo estrae dalla roccia. Non appena lo indossa, la sua ferita si rimargina.

"Magia," mormora stupito, tirandosi in piedi con un grugnito. "Come è possibile?"

"Siediti. Non puoi morire a causa delle ferite provocate da un'arma, ma potresti cadere a terra e romperti l'osso del collo. Siediti, ho detto."

"Sto bene," dice, strascicando le parole. "Ho solo bisogno di..."

"Siediti!"

Il suo corpo oscilla pericolosamente. "Va bene," dice, scuotendo la testa. "Mi sembra un'idea saggia."

"Lentamente." Gli afferro un braccio e lo aiuto a sedersi.

"Sei... sei un'allucinazione?"

"Silenzio. Devi mangiare qualcosa." Mi guardo intorno in cerca del suo sacco da viaggio. Lo trovo.

"Se non sei un'allucinazione, allora che cosa..."

"Ho detto *silenzio*. Sto pensando." Comincio a rovistare dentro la sacca. Cerco di ricordare qualcosa che mi disse Asclepio, il dio delle arti mediche, qualcosa che aveva a che fare con le ferite dei mortali. Aveva detto che dopo aver perso molto sangue, gli uomini hanno bisogno di mangiare e di riposare per evitare danni ai loro fragili corpi.

Il giovane respira lentamente. Mi guarda come se non fosse sicuro se parlare sia una scelta saggia, ma alla fine chiede, "A che cosa stai pensando?"

"A qualcosa che mi ha detto un amico."

"Amico?"

"Sì. Ascolta. Hai carne di manzo o fegato?"

"No."

"Pollo o pesce? No? Che mi dici di formaggio?"

"Formaggio?" Sbatte le palpebre, come se ricordasse qualcosa. Inizia a rovistare in uno dei sacchi allacciati alla cintura. "Ne ho un po' qui."

"Mangialo, allora. Poi bevi dell'acqua. Ti aiuterà a ristabilire le forze."

Il giovanotto ubbidisce, ma nonostante tutto il suo viso diventa sempre più pallido. Una parte di me teme di perderlo. Continuo a cercare nel suo sacco e alla fine trovo nel fondo alcuni pezzi di pesce secco. Lo invito a mangiare anche quelli.

"Come ti senti?" gli chiedo dopo qualche momento.

"Mi sento come se stessi cavalcando un mulo impazzito. "

"Penso che sia normale."

"Davvero? Non so neanche perché ti sto ascoltando. Non hai ancora provato di non essere un'allucinazione."

"No?" Gli pizzico la spalla.

"Ahia!"

"Credi ancora che sia un'allucinazione?"

"Non sono sicuro. Potresti essere un'allucinazione che si diverte a torturarmi."

"Quello che dici non ha senso."

"Hai ragione." Vedo le sue palpebre chiudersi lentamente. "Non ha senso."

"Cerca di dormire. Ti farà bene riposare."

"Hai detto che ti chiami Calliope." Il giovane s'interrompe, le sue labbra disegnano un sorriso. "Lo sai che hai lo stesso nome della musa della poesia?"

"Sì." Gli asciugo con un panno la fronte sudata. "Sì, lo so. Adesso riposati. Te lo sei guadagnato. Ci sarà tempo per parlare più tardi." Lo bacio sulla fronte e gli do la benedizione di Morfeo, facendolo sprofondare in un sonno senza sogni.

## LA ROVINA DEI RE

Tengo la sua testa sulle mie gambe. Dorme per tutta la mattina, e mi sorprendo a seguire rapita il lento alzarsi e abbassarsi del suo petto.

Non avrei mai immaginato che un cercatore così giovane potesse estrarre la spada. Sono grata che ci sia riuscito, dopotutto mi ha liberato dall'incantesimo, ma al tempo stesso sono sorpresa. Mi aspettavo che un uomo esperto riuscisse nell'impresa. Nonostante tutto, sorrido. Il destino ha uno strano senso dell'umorismo.

Gli poggio una mano sulla fronte, per assicurarmi che la sua mente non stia vagando in luoghi pericolosi. Sono sollevata di scoprire che non ha febbre. Rimango lì, assieme a lui, assicurandomi che niente disturbi il suo riposo.

Passano diverse ore prima che si svegli, e quando i suoi occhi si aprono e trovano i miei, vedo la sua fronte incresparsi. "Sei ancora qui?"

"Sembri sorpreso."

"Una donna bellissima appare dal nulla dopo aver estratto una spada da una roccia," dice, la voce beffarda. "Sì, ammetto di essere sorpreso."

"Un eroe e un adulatore. Come ti senti?"

"Meglio." Si guarda il polso, poi il fodero che gli pende dalla cintura. "Quindi non l'ho sognato. Questo fodero mi ha davvero salvato la vita."

"Si tratta di un oggetto magico. Finché lo indosserai, t'impedirà di morire per le ferite provocate da un'arma."

"Dov'è la spada?"

"È accanto a te."

Il ragazzo si guarda attorno finché le sue dita trovano il metallo dell'arma. Afferra l'elsa con entrambe le mani e bacia il metallo della lama prima di rinfoderarla con un sospiro di sollievo. "Non posso perderti."

"Parli spesso con oggetti inanimati?" Indico la spada, un sorriso incredulo sul mio volto.

Lui scrolla le spalle. "Le piante contano?"

"Stai cercando di essere divertente?"

"Ci sto riuscendo?"

I nostri occhi s'incrociano. "Quasi," rispondo con sarcasmo. "Dimmi, che cosa ti ha portato a rischiare la vita per questa spada?"

La sua espressione si fa seria. "Una promessa che ho fatto a mio zio."

"Rallegrati, allora, giovane cercatore. La spada è tua, e assieme ad essa gli onori e gli oneri che essa rappresenta."

"Dimmi una cosa, Calliope." Il giovane sfiora la lama. "Come hai fatto a finire qui dentro?"

"È una lunga storia."

"Davvero? Splendido. Sono le mie preferite." Si mette comodo, sedendosi con la schiena contro la roccia da cui ha estratto la spada.

"Molto bene." Non c'è motivo per cui debba nascondergli la mia disavventura. La storia sgorga dalle mie labbra in un fiume di parole. Quando l'ho finita, sento l'amaro in bocca, ma al tempo stesso provo un senso di sollievo. Il sole è sul punto di inginocchiarsi al limitare del mondo quando concludo il racconto.

Il ragazzo mi guarda a lungo. "Stai dicendo che sei *davvero* la Musa Calliope?"

Faccio un breve cenno della testa, aspettando la sua reazione.

"Preferivo pensare a te come a un'allucinazione. Rendeva le cose più semplici."

"Le cose raramente lo sono."

"Perché sei qui? Voglio dire, in Britannia."

"Questa è un'altra storia, una molto più lunga e complicata." Lanciai uno sguardo verso il pendio. "Sono sicura che non vedi l'ora di riunirti ai tuoi amici. Devono essere preoccupati per te."

Il giovane mi guarda come se avessi fatto una battuta. "Amici? Quali amici? Sono venuto da solo."

"Ci sono degli uomini accampati ai piedi della montagna." Indico verso la base della montagna. "Non senti l'odore di fumo? Pensavo fossi venuto con loro."

Il cercatore cammina a ridosso dello spiazzo e guarda verso il basso. I suoi occhi si spalancano, e fa un passo indietro.

"Qualcosa non va?" chiedo.

"Non posso crederci. Quelli sono..." Non ha tempo di dire altro.

Sentiamo un grugnito provenire da destra e ci voltiamo a guardare. Un uomo enorme si sta sollevando sulla spianata aiutandosi con mani grandi quanto il mio busto.

Il giovane britannico serra la mascella. I muscoli del collo sono tesi, gli occhi pieni di orrore. La mano saetta sull'elsa della spada.

"Ah!" Il gigante ruggisce, guardandosi attorno mentre si

alza in piedi. "Questa sì che è una scalata da fare con entrambi gli occhi aperti!" Si accorge quasi immediatamente di noi. "Che cosa abbiamo qui? Eh? Un giovane e una ragazza?" L'accento dell'uomo è rustico, le sue parole scroscianti, come onde che s'infrangono su uno scoglio. "Woden onnipotente! Sono forse finito sulla montagna sbagliata?" Il suo sguardo trova la spada del ragazzo. "Ah-ha!" Il suo ampio sorriso rivela una fila di denti color fieno. "Eccola lì!"

Il giovane estrae la spada dal fodero. "Drefan, la rovina dei re." La sua voce non tradisce alcuna emozione, ma gli occhi parlano di odio a stento represso.

"In carne e ossa," ruggisce il gigante, battendosi un mastodontico pugno sul petto. "Ti conosco, ragazzo?"

"Tuo fratello ha massacrato re Vortigern in un concilio di pace," dice il cercatore, quasi sputando le parole. "Lui e i suoi uomini hanno assassinato decine di capi su suolo sacro."

"Ah, sì." Il gigante inclina la testa e sputa per terra. "Stai parlando del tradimento dei lunghi coltelli. Come fai a sapere chi sono?"

"Hai ucciso mio zio mentre difendeva la nostra terra da te e dai tuoi demoni barbarici."

"Davvero?" Drefan allarga le braccia. "E qual era il nome di tuo zio?"

"Ambrosius Aurelianus."

L'uomo si gratta la fronte. "Non mi dice niente. Voi britannici sembrate tutti uguali."

"Ho già rivendicato la spada nella roccia." Il giovane mostra la spada a Drefan. "È mia."

"Sembrerebbe proprio di sì." Il sassone fa un passo in avanti, e il suo sorriso si allarga, rivelando una fila di denti ancora più sporchi. "In questo caso dovrò reclamarla dalle fredde dita del tuo cadavere. Ho paura che non ne verrà fuori una canzone degna delle sale dei re. Spappolarti la testa non sarà difficile, ma ci arrangiamo tutti con quello che abbiamo, non è vero?"

Drefan prende la sua ascia dalla schiena, puntandola contro il cercatore.

"Fermati, sassone!" Mi frappongo tra i due guerrieri. "Non puoi avere ciò che è già stato rivendicato. Chi estrae per primo la spada è il solo re della Britannia."

Il gigante mi guarda come se fossi fatta di vetro. "Re della Britannia? Io non voglio essere il re di questa terra di maiali, stupida ragazza. Voglio semplicemente quella spada. Sarà una regale aggiunta alla mia collezione."

"Dovrai prenderla, prima." Il ragazzo flette le gambe e si prepara a colpire.

Il sassone sorride. "Sarà un grande piacere."

"Aspetta!" Cerco di fermarlo. "Sei troppo debole. Non puoi..."

Ma il giovane mi ignora.

È in momenti come questi che vorrei essere una dea in grado di spostare le montagne, o capace di rompere un'incudine con un tocco. Purtroppo il mio potere risiede nelle parole, e non posso fare altro che stare in disparte mentre l'ascia e la spada si incontrano, e il combattimento ha inizio.

Ogni momento che passa il mio timore aumenta. Il ragazzo è veloce e sa muoversi con destrezza, ma non è difficile intuire quale sarà l'esito dello scontro. Drefan è un soldato più esperto, i suoi colpi sono più precisi e pericolosi. Per lui questo confronto non è altro se non uno svago. È solo questione di tempo prima che abbia la meglio.

"Questo è il problema con voi britannici," dice Drefan in modo sprezzante mentre evita uno dei colpi del ragazzo. "Combattete come delle massaie, e muovete i piedi come se ve li stesse pulendo su un tappeto. Dai un po' di forza ai tuoi colpi da gallina, ragazzo. Guarda. In questo modo!"

Drefan gli assesta un pugno sullo stomaco, e il suo avversario cade a terra.

Il sassone scoppia a ridere. "Fa' un bel respiro," dice, muovendo le mani in modo teatrale, "bevi un po' d'acqua, già che ci sei. Devi mantenerti idratato. Bene, bene. Mi sto divertendo con te, ragazzo."

"Parli troppo, sassone," dice il giovane, facendo leva sulla spada per rialzarsi.

"Stai bene?" Inizio a camminare verso di lui, ma lui mi punta la spada contro.

"Resta dove sei! Impugno la spada magica. Niente può fermarmi."

"Chi è questa bellezza?" lo stuzzica il gigante. "Tua sorella? No? La tua amante? Scommetto che combatte meglio di te."

Il ragazzo si getta contro Drefan e la battaglia riprende.

"Bravo!" Il sassone devia i colpi con facilità. "L'ultimo scambio l'ho quasi sentito. Andiamo. Più forte! Le lame si stanno a malapena baciando. Dai, britannico, mettici il cuore!"

Il ragazzo cerca di penetrare la difesa dell'avversario, ma Drefan si sposta all'ultimo momento, e gli pianta un ginocchio nello stomaco.

"Oh, oh!" Il barbaro si mette una mano sulla bocca, fingendo sorpresa. "Penso proprio di aver rotto qualcosa. Peccato. È stato divertente finché è durato, te lo concedo. E ora, giovanotto, è venuto il momento di schiacciare un pisolino eterno."

"No!" Mentre si sta preparando a colpirlo, gli lancio una pietra, colpendolo in pieno in un occhio.

Drefan ruggisce di dolore. "Donnaccia!" Si preme il lato

della testa, sangue che esce copioso dalla ferita. "Ti ridurrò in brandelli quando avrò finito con questo moccioso!"

Il ragazzo ha abbastanza tempo per alzarsi e raccogliere la spada.

"Stai bene, mia signora?" mi chiede.

"Non pensare a me. Stai attento!"

Troppo tardi. La mano del sassone si chiude intorno al braccio del ragazzo e lo costringe a far cadere la spada. Il gigante lo afferra per il collo, lo gira e lo trascina contro il suo petto, costringendolo in quella posizione.

"È ora di morire, britannico," sussurra, mentre gli preme un braccio intorno al collo. "Ma prima dimmi il tuo nome. Sei poco più di un bambino, ma hai combattuto con valore. Potrei seppellirti da qualche parte in questa terra dimenticata dagli dèi."

Guardo il ragazzo portare una mano verso il lungo coltello che gli sporge dalla cintura. L'occhio del sassone sanguina e non si accorge del suo movimento.

Il cercatore mormora qualcosa che non riesco a sentire.

"Che cosa hai detto?" Drefan allunga il collo. "Cos'è, non hai più neppure le forze per parlare?"

Il coltello viene estratto. "Ho detto, il mio nome è Artù Pendragon." La sua mano scatta all'indietro e infila il coltello nella pancia. La lama trafigge sia lui che il sassone.

L'urlo di Drefan echeggia nella valle. Il sassone lascia andare Artù, le sue mani tremanti cercano di fermare il sangue che scorga dallo stomaco. La sua bocca è macchiata di rosso, e c'è stupore sul suo viso. "Pazzo... Pazzo britannico," esala, sputando un grumo di sangue. "Che cosa diavolo pensavi di fare?"

"Non penso molto," dice Artù, barcollando. La sua ferita ha già iniziato a guarire. Spinge Drefan oltre il dirupo, l'espressione stupita del sassone ancora stampata sul volto mentre inizia la rovinosa caduta nel vuoto.

Artù collassa a terra, respirando affannosamente.

Accorro al suo fianco, sollevandogli la testa.

"L'ho ucciso?" chiede, gli occhi semichiusi.

"Sì. L'hai ucciso."

"Bene." Guarda l'orlo del precipizio. "Ne rimangono solo qualche migliaia."

Gli carezzo i capelli bagnati di sudore. "Non dovrai combatterli tutti da solo. Con quella spada, i britannici si raduneranno intorno a te e li condurrai alla vittoria."

"Perché tutto quello che dici suona così bene, mia signora?"

"Penso che tu abbia perso troppo sangue. Stai soffrendo, eppure sorridi."

Artù grugnisce. "Stai per dirmi che ho bisogno di riposare?"

"Probabilmente."

"Perché stai sorridendo, Calliope?"

"Perché ho finalmente trovato l'uomo che stavo cercando."

Questa volta non ho bisogno di benedirlo con un sonno ristoratore. Artù perde i sensi poco dopo aver pronunciato l'ultima parola.

Mi chino sul suo petto e sono sollevata di sentire il cuore battere normalmente.

Gli tolgo il mantello e lo piego, creando un cuscino che gli metto sotto la testa. Alzo lo sguardo. L'orizzonte è rosso sangue; un altro giorno sta per finire. C'è rimasta un'ultima cosa da fare.

Alzo una mano al cielo e attendo l'arrivo della mia amica. Dopo pochi istanti, sento il ronzio e l'ape si posa sul palmo.

"Gli uomini da cui mi hai messo in guardia," le dico, la mia voce tagliente come un rasoio. "Li voglio lontani dalla montagna. Nessuno deve sapere che stiamo arrivando."

L'ape si alza e scompare oltre lo spiazzo. Passano meno di due ore prima che senta nuovamente un ronzio, ma questa volta l'aria stessa sembra portare con sé un ruggito collettivo. Lo sciame che appare da dietro il cespuglio è abbastanza grande da ombreggiare l'intera spianata.

Le api non sono sole. Hanno portato con sé vespe con striature rosso sangue e calabroni coperti di peli ispidi, neri come la notte.

"Andate," gli ordino.

La nuvola di insetti vola giù, e so che non dovrò preoccuparmi degli uomini accampati quando scenderemo dalla montagna.

Torno a guardare Artù e mi chiedo quale sia la sua storia. Ho il sospetto che nei prossimi giorni impareremo a conoscerci meglio. So che il destino voleva che ci incontrassimo, e so che lui è la risposta che stavo aspettando.

Solo adesso mi accorgo che indosso ancora l'armatura che Morgana mi ha regalato. Me la tolgo pezzo per pezzo, e la lancio nel vuoto. La vedo rimbalzare contro il lato della montagna, rompendosi in mille pezzi.

Ora non indosso nient'altro se non una tunica color perla, ma per la prima volta da molto tempo mi sento sicura, padrona del mio destino.

Starò bene. Questa terra prospererà. E la promessa che ho fatto a mia madre diventerà una dichiarazione di sfida che porterò con me come una torcia.

Non sarò più legata a ciò che credevo fosse giusto e sbagliato. La Grecia appartiene al passato. Il mio futuro adesso appartiene a questa terra. Ascolterò il mondo che mi circonda e le persone che ci vivono, a cominciare da questo giovane di nome Artù.

È ironico come cambiano le cose. Quando sono arrivata nel nord, ho criticato gli dèi britannici per essere sanguinari e violenti. Ma non ho forse deciso io stessa un sacrificio di sangue per scegliere il mio campione?

Sì, le cose cambiano. Non mi considero più una dea greca. Questa terra mi ha trasformata, mi ha fatta diventare una cercatrice di uomini con il potere di fare del bene.

Calliope è morta quando mia madre mi ha detto addio mentre eravamo circondate dalle rovine della nostra patria.

Ciò che resta sono vaghi ricordi, indistinti come sogni sbiaditi alla luce del mattino.

No. Non sono più quella dea. La Britannia mi ha fatto rinascere, e la spada che per così tanto tempo è stata la mia prigione è diventata il vessillo imperituro che sfoggia il mio nuovo nome: la Musa di Avalon.

Fine

## Nota dell'autore

Ci siamo.

Hai raggiunto la fine di questa raccolta. Ho messo il cuore in ognuna di queste storie, e faccio tesoro di ogni momento che ho passato a scriverle.

Tu sei un lettore. Credo che gli autori possano imparare da persone come te a migliorare la loro arte.

Ci sono due modi in cui io lo faccio. Questo è il primo: leggo i commenti dei miei lettori. Sono un grande sostenitore dei commenti. Per quale motivo? L'autore impara qualcosa di nuovo sul suo mestiere, e di conseguenza i futuri lettori ottengono storie migliori. E tutti vivono più felici e contenti.

Se vuoi condividere commenti, suggerimenti o anche solo farmi delle domande, puoi mandarmi un'email a hello@micheleamitrani.com facendomi sapere cosa pensi delle storie che hai letto.

Il secondo modo in cui affino l'arte del raccontastorie è leggendo le recensioni. Se c'è qualcosa che ti è piaciuto particolarmente ti sarei grato se me lo facessi sapere pubblicando una recensione nel negozio online dove hai comprato questa raccolta.

Grazie, e alla prossima storia.

Michele Amitrani

# RINGRAZIAMENTI

Grazie ad Alessandro, Mana, Sev, Doro, Donna, Lena, Rafael, Mark, Crystal and Victoria per aver letto questi libri e aver fornito preziosi pareri.

Mi avete aiutato a condividere le storie che ero destinato a raccontare.

# L'AUTORE

Sono un autore indipendente con una grande passione per i viaggi senza meta, i cieli stellati, il body building, i fuochi d'artificio, le notti di mezza estate e quello strano suono che fanno le conchiglie vuote se le si avvicina all'orecchio.

Flirto da tempo con diversi generi letterari, ma sono ufficialmente sposato con fantasy e fantascienza (intrattengo una relazione segreta con la saggistica di stampo politico-internazionale, ma non ditelo alle signore fantasy e fantascienza!).

Condivido anche risorse su come produrre, pubblicare e pubblicizzare indipendentemente sul mio sito www.Credi-NellaTuaStoria.com e sul mio canale YouTube.

Quando non sono impegnato a inseguire draghi o a padroneggiare la Forza, divoro libri su Goodreads

(GoodreadsAuthor) e gironzolo su Facebook (/Amitrani-Michele).

## Appassionato di fantascienza?

Un'umanità che muove i primi passi verso le stelle.

Un'intelligenza artificiale in grado di minacciare la fabbrica del cyberspazio. Una donna che non si fermerà di fronte a nulla pur di mantenere la promessa fatta sul letto di morte della sua mentore. Un assassino che manipola le persone per un bene più grande.

Benvenuti nel mondo dell'Onniologo.

>> La serie dell'Onniologo è disponibile in formato eBook e cartaceo.